아무래도
삶이 처음이니까

16년 심리상담가가 전하는 힐링 에세이

아무래도
삶이 처음이니까

16년 심리상담가가 전하는 힐링 에세이

임국환 지음

세상의 사람들이 사람으로 고통받지만,
결국 사람으로 치유받고 사람과의 만남을
통해 사랑을 느끼고 살아갈 힘을 얻는다는 것을 믿는다.

생각나눔

들어가며

　상담사와 강사로 일한 지 16년이 지났다. 한 해 동안 700건 이상의 강의를 하고, 1,000명 이상을 상담하면서 세상의 울타리에서 힘들어하고 아파하는 사람들이 많이 있다는 것을 알게 되었다. 나 또한 어린 시절부터 크고 작은 아픔이 있었고, 이겨내야 할 것들이 있었던 것 같다. 삶은 고통이 없는 것이 아니라 어떻게 견디느냐의 문제라는 것을 지난 시간 동안 알게 되었고, 세상의 사람들이 사람으로 고통받지만 결국 사람으로 치유 받고 사람과의 만남을 통해 사랑을 느끼고 살아갈 힘을 얻는다는 것을 믿는다.

　세상에 처음으로 태어나 처음으로 학생이 되고, 처음으로 부모님의 자식이 된다. 한 사람의 남편이 되고, 아이들의 아빠가 되고, 그렇게 늙어 가면서 알아야 하고 깨달아야 하는 것들을 책으로 내게 되었다.

　세상의 모든 사람이 이생의 깨달음을 통해 아름다운 눈으로 세상을 바라보길 바란다.

2024년 4월 서재에서

목차

2장   나를 키운 것에 대하여

3장　　　　　　　　　나를 깨닫게 한 것에 대하여

1장

아무래도 삶이 처음이니까

나를 있게 한 것에 대하여

가족

최근 들어 대한민국도 안전지대가 아니라는 것이 나타나고 있다. 큰불이 많은 사람의 인명을 앗아갔고, 강한 지진으로 인한 피해도 일어나고 있다. 또한 배가 뒤집혀서 수많은 학생이 희생되는 일도 있었다. 바로 모두가 알고 있는 세월호 사건이다. (안산 단원고 학생 325명을 포함해 476명의 승객을 태우고 인천에서 출발해 제주도로 향하던 세월호가 2014년 4월 16일 전남 진도군 앞바다에서 급변침을 하며 침몰했다. 구조를 위해 해경이 도착했을 때, '가만히 있으라'는 방송을 했던 선원들이 승객들을 버리고 가장 먼저 탈출했다. 배가 침몰한 이후 구조자는 단 1명도 없었다.)

검찰이 수사를 통해 사고 원인을 발표했지만, 참사 발생 원인과 사고 수습 과정 등에 대한 의문은 여전히 현재진행형이다. 세월호 인양 작업도 정부는 애초 2016년 7월까지 완료하려 했지만, 계속 지체돼 인양 작업은 2017년으로 해를 넘기게 됐다. 2017년 봄, 인양 작업이 급물살을 타 4월 11일 마침내 인양 작업이 완료됐다. 미수습자의 조속한 수습과 세월호 참사 원인 규명 등이 주요 과제로 남았으며, 그 사건이 일어난 지 벌써 10주년이 되었다.

언제 어떻게 우리의 목숨을 담보로 자연재해를 맞이할지 모르는 불안한 마음이다. 인간은 불안을 안고 살아갈 수밖에 없는 존재다. 불안은 엄마의 배 속에서 나오는 순간부터 우리와 함께하고 있다. 이러한 불안은 인간을 마비시키기도 하지만, 다른 한편으로는 새로운 무언가를 발전시키는 무한한 가능성을 내포하고 있기도 하다.

연꽃의 향기가 그윽한 이유를 아는가? 바로 진흙 속에서 꽃을 피우기 때문이다. 진흙 속에서 인고의 시간을 거쳐 연꽃은 그렇게 피어난다. 그래서 그 힘듦을 견디고 나서야 그렇게 그윽한 향을 낸다. 뿌리부터 꽃까지 버릴 게 하나 없는 연꽃이 되기 위해 우리는 어떠한 시련과 고통을 감내하고 있는가?

하루는 감사함을 느껴야 할 시간이지만, 평범하고 익숙하다는 이유로 그것들을 간과하고 사는 것 같다. 그렇기 때문에 우리는 오늘이 마지막인 것처럼 살아가고, 내 옆에 소중한 사람들에게 매일 매일 사랑이라는 말을 해야 할 것이다.

사랑하는 사람에게 언제나 사랑의 말을 남겨놓아야 한다. 어느 순간이 우리의 마지막이 될지 아무도 모르기 때문이다. 갑자기 큰 사고로 부모님을 잃을 수도 있고, 갑자기 좋지 않은 상황이 발생할 수도 있다. 내일 내가 없어져도 후회 없는 마음을 가지려면 우리는 항상 그러한 것들에 대비하는 마음이 필요하다. 오늘이 마지막인 것처럼 가족에게도 후회하는 일이 없도록, 사랑하는 사람에게 미안해지는 일이 없도록 우리는 감사의 말을 전하고 사랑의 말을 남겨놓아야 한다.

사랑하기에도 짧은 시간에 내 틀에 안 맞는다고 소리를 지르고, 화를 내면서 서로의 감정을 상하게 하는 일이 많아지고 있다. 사소한 일로 며칠 동안 말도 하지 않고 싸우다 보면 시간이 오래 지나게 된다. 시간이 오래 흐르면 결국 우리가 무엇 때문에 말도 안 하고 서로 원수가 되었는지 이유도 잊은 채 멀어져 가고, 서로의 약점을 무기 삼아 상처를 내고 마음의 생채기를 만들게 된다. 친하다는 이유로, 옆에 있다는 이유로 가장 친한 사람이 가장 아프게 한다는 말이 있다.

최근 광고계의 키워드를 꼽으라면 단연 '공감과 위로'이다. 한국광고총연합회가 주최한 '2015 대한민국광고대상' 최종 8개 부문 대상을 포함한 49개 수상작에서 이와 같은 특징이 두드러졌으며, 대한민국광고대상 심사위원장을 맡은 박현수 한국광고학회 회장도 "소비자와의 공감대 형성에 핵심을 둔 감동과 이해를 이끄는 광고가 주류를 이뤘다"며 광고가 경기침체로 인해 지친 국민을 위로하는 역할을 하고 있다고 평가했다.

공감과 위로를 내세운 광고 중 단연 가장 눈에 띄는 것은 삼성생명의 '당신에게 남은 시간'일 것이다. 이 캠페인은 2015 대한민국광고대상에서 영상광고 동영상 부문 은상 등 3개 부문에서 수상의 영광을 안기도 했으며, 뉴욕 페스티벌의 Film/Online 부문 Finalist를 수상한 작품이기도 하다.

'당신에게 남은 시간' 캠페인 영상은 "당신에게 남은 시간은 그리 많지 않습니다."라는 문구로 시작하며 남은 수명이 얼마 되지 않는 사람들이 탄식하거나 눈물 흘리는 모습을 비추면서 시작한다. 서울의 한 건강검진센터에서 건강 검진을 받은 사람들을 상대로 캠페인을 진행하였으며, 검진 결과가 나오는 날 이들을 다시 불러 지금 상태가 계속되면 당신에게 남은 시간이 각각 '9개월', '6개월', '1년 3개월'이 남았다고 전달한다. 결국 이 시간은 바로 가족과 함께할 수 있는 시간이다.

당신에게 남은 가족과 함께할 시간은 얼마나 될까?
우리에겐 항상 예상치 못했던 결과가 기다리고 있다.
당신의 인생에서 그 시간을 빼면
당신에게 남은 '가족과 함께할' 시간이 된다.

현재 나이: 53세

평균 수명: 85세

남은 시간: 32년

일하는 시간: 10년

자는 시간: 9년 11개월

TV 및 스마트폰 보는 시간: 4년 2개월

그 외 혼자 보내는 시간: 7년 2개월

가족과 함께할 시간 : 9개월

우리는 언제나 함께하는 시간을 미루며 말한다. 다음에 잘하면 된다고 하지만 다음으로 미루기엔 당신에게 남은 가족과 함께할 시간은 생각보다 많지 않을 수 있다.

FAMILY 가족이란 단어이다.

F: Father

A: And

M: Mother

I: I

L: Love

Y: You

이렇게 존재 자체만으로도 크나큰 행복을 주는 것이 가족이지만, 나에게 가장 큰 상처를 주는 것도 가족이다. 상대방의 약점을 잘 알고 있고, 어떻게 하면 아프게 만들 수 있는지를 너무 잘 알고 있기 때문이다. 자주 화를 내는 부모 밑에서 자란 아이들은 자존감이 낮을 확률이 높다. 또한 자주 우울감을 표현하는 부모 밑에서 자란 아이들에게도 고스란히 그 감정이 전달되어 아이들 역시 점점 웃음과 활기를 잃어 간다. 그러면서 세상은 즐거운 일보다 즐겁지 않고 힘들고 우울한 일이 더 많다는 느낌을 무의식에 새긴다. 기쁜 일이 와도 즐겁게 받아들이지 못하고, 마치 습관처럼 힘들어하고 괴로워한다.

아이들은 부모가 자신을 대하는 방식으로 타인을 대하게 되어있다. 또한 부모가 자신을 대하는 방식으로 세상을 대하게 된다. 부부가 경제적인 공동체라면 가족은 바로 행복 공동체이다. 엄마가 행복하면 아빠가 행복하고, 아빠가 행복하면 엄마가 행복하다. 부부가 행복하면 자식들이 행복하고, 자식들이 행복하면 부부가 행복하다.

다시 말해, 아빠가 불행하면 엄마가 불행하고, 엄마가 불행하면 아빠가 불행하다. 부부가 불행하면 자식들이 불행하고, 자식들이 불행하면 부모가 불행하다. 어쩌면 우리는 행복에 대해 서로서로 빚을 지고 있는 것이다. 결국 가족을 위한 행복이 궁극적으로 나의 행복에서 시작해야 한다는 것이다.

우리는 자신의 감정을 존중받지 못할 때 화가 나고 원망하는 마음이 생긴다. 가족에서 해야 할 가장 중요한 일은 기쁨이든 슬픔이든 긍정적인 감정이든 부정적인 감정이든 감정의 긍정적 소통이 되어야 한다는 것이다. 어리석은 부모는 자녀를 부모의 자랑거리를 만들기 위해서 노력한다. 하지만 현명한 부모는 아이의 자랑거리가 되고 모델링이 되기 위해 노력한다. 대항할 힘이 없는 어린 시절에 부모에게 당한 일방적인 분노와 짜증은 아이의 무의식에 그대로 저장된다.

누구나 역린이라는 것이 있다. 거슬러 난 비늘이라는 뜻이다. 다시 말하면 사람마다 밝히기 싫은 치부가 있고, 약점이 있다는 것이다. 이 거꾸로 난 비늘을 잘못 건드리면 용은 죽게 된다. 사람의 약한 점을 건드리는 것은 바로 용의 거꾸로 난 비늘을 건드리는 것과 같다.

오늘이 마지막이라면 나에게 편안함과 사랑을 주는 가족과 함께 행복한 추억을 영원히 기억할 수 있을 만큼의 시간을 가져야 한다. 또한 서로 사랑한다면 사랑을 자주 표현해 주고, 가족의 울타리가 행복으로 자라나야 한다. 모든 가족이 그러길 바란다.

열정

　　한국은 경제성장률이 이제 3%를 넘지 못하는 사회다. 어느 현자는 이제 성장이 멈춰있다고 말해도 과언이 아니라고 말한다. 더 이상의 급성장이 보이지 않는 경쟁 구도 속에서 대한민국의 청년들은 아무리 열심히 해도 제도적인 장치 때문에 취직난에 어려움을 호소하고, 불안해하고 있다. 그러한 심리적인 마음 때문에 안정이 가장 중요한 삶의 구성 요소가 되었다. 공무원과 같은 안정된 직업이 최고의 직업이라 여기며 나의 적성과 흥미도 망각한 채 도서관에서 열심히 시험에 나올 만한 것들을 달달 외우고 있는 현실이다.

　내가 가장 좋아하고 잘하는 것이 그것이라면 상관없지만, 남이 그러한 일을 하기 때문이라면 나라의 일꾼들이 시간을 낭비하고 있는 건 아닌지 걱정이 된다. 청춘이라면 많이 넘어지고 실패해도 무언가 또 다른 희망을 품는 것이 가장 큰 미덕이다. 많이 넘어져 본 사람일수록 쉽게 일어나기 때문이다. 반대로 넘어지지 않는 방법만을 배우게 되면 결국 넘어졌을 때 일어서는 방법을 모르게 되는 것이다.

프랑스의 소설가 아나톨 프랑스는 "나는 현명한 외면보다는 열정적인 실책을 더 좋아한다."라고 하면서 자신의 열정적인 면을 강조하였다. 이따금 우리 주변에 평범하게 태어나 확고한 의지로 성공하는 경우가 있는데, 그것은 그 사람이 태어날 때부터 훌륭한 인물이어서가 아니라 불안이나 현실에서 벗어나려고 끊임없이 노력한 결과다.

게으름은 즐겁지만 괴로운 상태다. 우리는 행복해지기 위해서는 무언가를 하고 있어야 한다. 허송세월하며 할 일이 없는 사람은 악으로 끌려가는 것이 아니라 저절로 기울게 되어있다. 그렇기 때문에 우리는 무언가에 열정을 가지고 노력해야 한다. 그 일이 사람을 해치는 일이 아니고, 다른 사람에게 폐를 끼치지 않는 한 도움이 될 것이라 믿는다.

작은 꿈을 꾸지 말아야 한다. 그것은 우리의 피와 땀을 들끓게 하는 기적을 일으키지 못한다. 원대한 꿈을 가지고 그것을 향해 나아간다면 우리는 그것을 이룰 힘이 충분히 있다.

열정을 갖되 열정에 빠지지 말라. 열정을 갖는 것은 좋지만, 그 열정만 지나치게 추구하다 보면 옆에 내가 챙겨야 할 사람들과 해야 할 일들을 보지 못하기 때문이다. 내 열정을 응원해 주고 지지해 주는 사람이 많을수록 좋지만, 때로는 내 열정을 탐탁히 여기지 못해 반대하는 사람도 분명히 있다. 그들에게 보여줘야 한다. 내가 맞는 생각을 하고 있고 또 응원해 주면 반드시 꿈을 이룰 수 있다는 것을 말이다. 너무 서두르지도 말라. 아주 작은 새싹이 단단한 땅을 뚫고 밖으로 나오기 위해서는 어느 정도 시간이 필요하다. 어두운 땅속에서 내 앞날의 세상이 어떨지 느끼는 두려움과 외로움을 혼자 묵묵히 견뎌야 하기 때문이다.

에센바흐는 이런 말을 남겼다.

"그대의 꿈이 한 번도 실현되지 않았다고 해서 가엽게 생각해서는 안 된다. 정말 가엾은 것은 한 번도 꿈을 꿔보지 않았던 사람들이다."

촛불은 나누어도 줄어들거나 작아지지 않는다. 옆으로 옮겨도 그 불꽃은 항상 살아있다. 우리의 인생도 나누고 나누면 줄어드는 것이 아니라 오히려 어두운 세상을 더 밝게 비추는 촛불이리라. 내가 큰 촛불이어야만 나누어 줄 수 있는 것이 아니다. 내 불을 옆으로 줄 기회와 용기만 있다면 지금부터 내가 세상의 불을 밝히는 촛불이 될 수 있다.

모기는 한 방의 피를 빨아 먹고 전사한다. 그곳에 상처가 남는 이유는 모기도 자신의 흔적을 남기기 위함이요, 사람의 손바닥의 위험을 무릅쓰고 흔적을 남기기 위함이다. 하물며 사람으로 태어나 자신의 이름조차 남기지 못한다면 파리보다 못한 파리 목숨이랴. 오직 한곳을 향해 떨어지는 폭포는 말이 없다. 부산스럽지 않고 요란하지 않다. 오로지 한곳을 향해 자신의 물줄기를 내리꽂는다. 마음먹은 대로 정진한다. 정진하고 안 되면 물줄기를 틀면 된다. 다시 말하면 힘차고 당차다.

대체로 범죄자들은 쉽게 겁먹을 것처럼 보이는 사람들을 표적으로 삼는다고 한다. 열정이 없는 사람 말이다. 어깨를 축 늘어뜨린 채 비실비실 걷는다든지, 눈을 아래로 내리깔고 자신 없는 표정을 보인다든지 하는 사람 말이다. 열정이 없으면 사람들의 표적이 되고 먹잇감이 된다. 하지만 이러한 열정에 빠지다 보면 주변의 소중한 것들이 안 보일 수 있으니 조심해야 한다. 그래서 "열정을 갖되 열정에 빠지지 마라."라는 말이 있는 것이다.

우리는 '그랬어야 했어.'라는 말을 자주 사용하면서 내가 못 한 것에 대한 좌절감과 무언가를 해야 한다는 강박적인 생각에 시달리기도 한다. 하지만 '해야만 했어.'라는 'Should'라는 말을 사용하는 것보다는, '했으면 좋았을 텐데.'라는 'Wish'라는 좀 더 유연한 말을 사용하는 것이 정신 건강에 도움이 된다. 반드시 아침 안개는 없어지고 환한 햇빛이 솟아난다. 그렇기 때문에 우리의 인생도 어둠보다는 밝음이 더 많다. 왜냐하면, 밝음이 오기 전이 가장 어두운 법이니까 말이다.

내가 나를 위해 일하지 않으면 우리는 남을 위해 일해야 한다. 다시 말해 온전히 내가 하고 싶은 일을 찾아 열정을 다 해야 한다는 것이다. 그런데 열정이 없는 사람들은 시키는 사람이 없으면 자유롭다기보다 무엇을 어떻게 해야 할지 몰라 불편하고 혼란스러워한다.

열정을 가지고 호시우보 해야 하는데 말이다. 호시우보(虎視牛步)라는 사자성어가 있다. 호랑이처럼 먹잇감, 즉 목표를 설정하고, 소처럼 천천히 걸으라는 말로 사물을 볼 때는 호랑이가 먹이를 보듯 예리(銳利)하게 보고 실천으로 옮길 때는 소가 걷듯 신중하게 움직여야 한다는 뜻이다. 빠른 것을 최고로 여기는 요즘 세대들에겐 어색하고 낯선 가르침일 수 있지만, 조금은 더딜지 몰라도 비틀림 없이 제대로 하는 것이 훨씬 더 낫다는 것이다.

한 방송에서 전현무가 한 말이다. "사람들은 집중이란 말을 너무 쉽게 한다. 놀고 싶은 것 다 놀고 여행 가고 싶은 곳 다 다니고, 연애도 실컷 하고 책상 앞에서 2~3시간 공부하는 것이 집중은 아니다. 내 삶의 모든 것을 목표 하나에 집중하는 것, 그 밖의 모든 것을 포기하는 것 그것이 집중이다."

골든 글러브를 수상한 케이트 윌슨렛의 수상 소감이다. "11살 때 저는 하나님께 편지를 썼습니다. 하나님. 제발, 제발 배우가 되게 해주세요. 예쁜 장면에 많이 나오게 해주시고, 화장도 예쁘게 해서 올리비아 뉴튼 존처럼 보이게 해주세요. 레오나르도 디카프리오 같은 배우랑 키스도 부탁드립니다. 또 언제나 배우 하고 싶다는 마음 변치 않게 도와주세요." 이러한 간절함과 구체적인 열정에 대한 상상이 그를 유명한 배우로 만들었을 거라 믿는다.

무언가에 몰입하는 열정, 수시로 변하는 목표 말고, 장시간 노력해야 하고 집중해야 하는 열정이 중요하다. 가장 환한 미소를 짓는 사람은 바로 눈물 젖은 베개를 가지고 있는 사람일 테니까 말이다. 일벌들은 겨울이 되면 몸을 바르르 떨면서 벌집 안을 데운다고 한다. 몸을 떠는 데 필요한 에너지는 그동안 비축해 놓은 꿀에서 얻는다. 수백 마리가 몸을 떨면서 열을 내게 되는데 날씨가 영하일 때도 그 안에 온도는 섭씨 27도까지 오른다. 열정이 일벌을 살게 하고, 또 삶을 지탱해 주는 것이다. 이처럼 우리의 열정이 우리를 하루하루 살게 하는 중요한 의미이기도 하다.

다시 말해 열정은 톱니바퀴와 같다. 우리는 의외로 무언가를 꾸준히 하고 있을 때가 좋다는 말이다. 공부도 안 하려다가 하려고 하면 머리가 잘 돌아가지 않는다. 무언가를 잘 암기하지 않다가 암기하려고 하면 잘되지 않는다. 계속 움직이는 톱니바퀴는 조금만 힘을 줘도 계속 돌아가려는 속성 때문에 힘이 그렇게 많이 필요하지 않다. 하지만 멈춰버린 톱니바퀴를 다시 돌리려면 많은 힘이 필요하다.

보이지 않는 것들에 대한 사랑

에리히 프롬(Erich Seligmann Fromm, 1900년 3월 23일~1980년 3월 18일, 출처 위키백과)은 비판이론 영역의 프랑크푸르트학파에서 활동한 세계적으로 유명한 유대인 독일계 미국인 사회심리학자이면서 정신분석학자, 인문주의 철학자이다. 에리히 프롬은 다음과 같은 말을 남겼다. "사랑한다는 것은 관심을 두는 것이며 존중하는 것이다. 사랑한다는 것은 책임감을 느끼며 이해하는 것이고, 사랑한다는 것은 주는 것이다." 이 말에 참 깊고 넓은 속뜻이 숨겨져 있다고 본다. 내가 누군가를 가슴에 새기고 사랑하게 되면 그 사람이 어떤 음식을 좋아하고, 어떠한 스타일을 싫어하는지 알아서 상대방이 좋아하는 것과 행동은 자주 하게 되고, 또 상대방이 싫어하는 것과 행동은 하지 않도록 노력하게 된다는 말이다.

그리고 사랑은 무언가를 받거나 덕 보려고 하는 것이 아니라, 상대방이 무엇을 주지 않아도 내가 가진 것을 주는 것이다. '내가 이만큼 주면 이만큼 돌아오겠지.'라는 마음이 내 마음에 생기면 그것이 충족

되지 못할 시 괜히 서운한 감정이 생기면서 사람에게 시기심과 질투심을 느낀다.

요즘 사람들은 물에 빠져 산다고 한다. 물(物)에 빠져있기 때문에 누군가가 나에게 무엇을 해줄 수 있는지를 판단하면서 친구를 사귀고, 결혼을 한다. 또한 무언가 내가 덕을 볼만한 사람들을 찾아 연인을 맺고 결혼을 하면서 진정으로 내가 옆에 있는 사람을 위해 무엇을 해줄 수 있는지는 생각하지 않는다.

물질 만능주의가 커갈수록 평등사회가 되어가고 있다. 평등(平等)이란 국어사전에 본래의 뜻을 살펴보면 "권리나 의무, 신분 따위가 차별이 없이 고르고 한결같음."이라는 뜻을 가지고 있다. 하지만 앞서 말한 평등사회에서의 '평'은 우리가 알고 있는 아파트나 건물의 몇 평의 약자요, '등'은 학교에서 몇 등을 하는지가 중요한 등수를 이야기하는 시대가 되어버린 것 같다.

많은 사람이 눈에 보이는 것들만 쫓으며 살면서 정작 자신에게 중요한 것들, 보이지 않는 것들을 놓치고 만다. 내 마음이 밝음이면 모든 것들이 밝게 보이지만, 내가 눈을 감게 되면 세상의 모든 것들이 다 어둡게 보인다. 세상이 아름답고 평화로워도 내 마음이 불편하고 편하지 않으면 어딜 가나 좋은 것을 봐도, 맛있는 음식을 먹어도 불편한 법이다. 세상이 행복해도 내 마음이 불행하면 나는 항상 불행하고 행복하지 않은 사람이 된다. 다른 사람 탓도 아니고, 세상 탓도 아니다. 바로 내 탓이다.

우리 인생에서 정말 중요하고 가치가 있으며 소중한 것들은 실제로 보이지 않는 경우가 더 많다. 그것들은 수치로 나타낼 수도 없고, 값어치를 매기기도 어렵다. 그러한 보이지 않는 것들은 사랑, 우정, 행복, 자존감, 존경, 신뢰 등이다. 모든 것들이 우리 삶에 중요한 것들이지만, 이것들을 너무 쉽게 얻을 수 있다고 생각하지 않아야 한다.

보이지 않지만 소유하기 어려운 것들에 대해 우리는 항상 관심을 가지고 노력해야 함에도 쉽게 얻고 재려고만 한다. 맹자가 말하기를 "하늘이 어떤 사람에게 큰 임무를 내리려 할 적에는 반드시 먼저 그의 심신을 고통스럽게 하고, 행하는 일마다 엉망으로 만든다."라고 했다. 이처럼 모든 사람이 성공의 길에 올라와 있고 어떠한 목표를 이루었다면 그것은 분명 내가 보이지 않는 곳에서 묵묵히 자신의 역할을 위해 잠을 줄이고 뼈를 깎는 노력을 했을 것이다. 보이는 것보다 보이지 않는 것들에 대한 소중함을 생각해 봐야겠다.

겨울이 오기 전에 모든 나무는 잎사귀를 모두 홀홀 털어버린다. 겨울을 나기 위해 자신이 가진 모든 것을 비워버리고 새로운 봄을 맞이하기 위해서다. 우리는 항상 지난 과거를 내 머릿속에 내 가슴속에 품고 살아간다. 비워야 채워진다는 나무가 주는 교훈을 음미해야 하는 시대가 되었다.

머릿속에서 과거는 지우개로 깨끗이 지우고 다시 새로운 시작을 맞이해야 한다. 무지개를 손에 담아본다. 가질 수도 없고 만질 수도 없지만, 느낄 수 있다. 왜냐하면, 진실한 것은 보이지 않으니까. 하지만 내 마음이 진실하면 보인다. 저 무지개가 사랑의 빛깔임이.

나를 죽이는 일

　　최근 들어 자살하고 또 자살을 시도하는 사람들이 많아지고 있다. 수년 전부터 이러한 일들이 끊임없이 늘어나고 있지만, 그러한 것들을 시도하는 사람들의 나이가 어려지고 있거나 아니면 사회에서 인정받고 있는 사람들의 자살이 많아지고 있으니 이슈가 되고 있는지도 모른다.

　우리나라는 출생률이 세계에서 거의 밑바닥 수준이며, 자살률은 세계에서 가장 높은 순위에 있다. 그만큼 우리나라가 살기 힘들고 어렵다는 것을 나타내 주는 지표이다. 삶을 살다 보면 낭떠러지에 서있는 기분이 든다. 하지만 그 낭떠러지엔 길이 있다. 뒤를 돌아보면 편안한 육지로 통하는 길이 있다. 뒤를 보지 못하고 앞만 보고 가기 때문에 낭떠러지에 다다른다. 내 앞에 낭떠러지가 있다면 뒤를 한 번쯤 돌아봐야 할 때가 온 것이다. 뒤를 보는 사이 내가 놓치고 온 것들이 보일 것이다. 가족도 친구도 그리고 사랑도. 내 마음에 사랑이 없어졌기 때문에 낭떠러지가 보이는 것이다.

자유가 없는 곳이 감옥이다. 몸을 가두는 그곳인 감옥. 우리는 몸을 가두는 감옥도 있지만, 우리의 마음을 가두는 감옥도 있다. 이 감옥은 누가 만든 것도 아니고, 내가 스스로 나의 감옥을 만든다.

상대방을 믿지 못하고 나를 사랑하지 않기에 상대를 구속하고 나 자신을 괴롭히는 감옥. 우리는 스스로 수갑을 채우고 감옥을 만든다는 사실을 모른다. 우울한 기분이 지속해서 나타나는 현상을 우울증이라고 한다. 이 우울증은 어떠한 부정적인 사건의 원인을 외부로 보기보다는 무능력한 자신의 탓으로 돌리는 경향이 많으며, 구체적인 현실의 목표보다는 실현하지 못하는 목표를 설정함으로써 기인한다. 또한 모든 일을 할 때마다 항상 남과 비교하는 질못된 생각도 한몫하게 된다는 것이다.

성격이 쾌활하고 적극적인 사람이라면 부정적인 나의 감정도 외부로 발산하면서 타인에게 공격을 가하는 경우가 많다. 하지만 내향적인 성격이라면 부정적인 감정이나 스트레스를 스스로 참고 인내하면서 자신을 학대하는 경우로 해소하는 경우가 많다. 성격적인 측면도 있겠지만, 불안이나 실직 또는 이직, 이별이나 사별 등 환경적인 영향으로 나를 죽이는 일들이 많아지고 있다는 것은 우리가 한번 생각해 봐야 할 것들이다.

정신분석학자 Freud는 1917년 자신의 논문인 「애도와 우울증」에서 "자살은 자신이 동일시한 사랑하는 대상에 대한 무의식적 공격"이라고 언급하면서 나를 죽이는 일은 결국 나 자신을 공격한 죽음이며, 미국의 정신병원 '메닝거 클리닉'을 세운 정신분석가인 칼메닝거는 "자살은 자신에게로 향한 살인이다."라는 표현을 통해 타인을 헤치지 못하는 자신으로의 공격성을 언급하였다.

사람은 스스로 자아(Self)라는 것을 가지고 사는데, 자아가 지나치게 외부 사회에 순응하고 내적인 인격을 무시하고 살다 보면 우울증이 나타날 수 있으며, 이러한 우울함이 무기력이나 시간이 흐를수록 우울증이라는 병으로 발전하게 된다고 이야기한다. 나를 죽이는 사람들을 보면 어쩌면 진정 살고 싶다는 외침을 외부가 아닌 나를 죽임으로써 하고 싶었던 몸부림이 아니었을까?

내가 힘들면 힘들다고 말하고, 어렵고 부정적인 감정이 든다면 진정으로 내 이야기를 들어주는 사람을 찾아가 내 이야기를 하면서 부정적인 감정들을 발산해야 한다. 부정적인 감정을 쌓아놓으면 마음속 시한폭탄이 되기 때문에 그러한 것들을 잘 해결할 수 있는 것만이 나를 스스로 죽이는 일이 없어지는 사회가 될 것이다.

내면의 소리에 귀를 기울일수록 우리는 밖에서 나는 소리를 더 잘 들을 수 있을 것이다.

"네가 만약 외로울 때면/내가 위로해 줄게/네가 만약 서러울 때면/내가 눈물이 되리/어두운 밤 험한 길 걸을 때/내가 내가 너의 등불이 되리…."

가수 윤복희가 부른 「여러분」(1979년)의 노랫말이다. 외로움을 느끼는 것은 인간이 피할 수 없는 감정이다. 우리는 엄마 배 속에서 처음 사회에 나와 탯줄을 자르는 순간 불안이라는 감정과 외로움이라는 감정을 경험한다. 이러한 감정이 우리 생활에 지장이 없으면 약간의 우울한 감정은 사람으로서 당연히 받아들여야 하는 감정으로 간주하기도 한다. 하지만 이러한 감정이 2주 이상 지속해서 느껴지고, 일상생활이 어렵게 되면 우울증으로 간주한다.

2018년 초 테리사 메이 영국 총리가 트레이시 크라우치(체육·시민사회 장관) 장관을 '외로움 문제'를 담당할 장관(Minister for Loneliness)으로 겸직 임명했다. 그간 개인의 문제로 여겨졌던 '외로움'을 사회적 문제로 인식했다는 점에서 매우 흥미로운 이슈였으며, 빈부 격차와 실업 문제 등은 진작부터 사회적 문제로 보고 정부가 개입한 일이었다.

2018년 4월 영국에서 발표된 '외로움에 대한 실태 조사(2016⊠2017년)'에 따르면 크라우치 장관 주도로 사회적 고립과 단절, 그리고 외로움 문제에 대한 국가적 차원의 조사가 진행되었다. 그 조사에 따르면 영국 16세 이상 인구의 5%가 외로움을 항상, 자주 느끼고 있으며, 16%는 때때로, 2%는 가끔 느낀다고 보도되었다. 우리나라에서도 비슷한 조사에서 응답자의 26%가 항상, 자주 외로움을 느낀다고 답했고, 외로움을 느끼지 않는다는 응답은 23%에 불과했다고 한다.

우리나라 사람들의 외로움 문제도 이제 남의 문제가 아니다. 한 연구에 따르면 행복감과 외로움은 서로 반비례 관계가 있는 것으로 조사되었으며, 즉 외로움을 느끼는 감정이 클수록 행복도가 낮다는 것이다. 미국의 사회학자 데이비드 리스먼(1909~2002)은 '고독한 군중(The lonely crowd·1950년)'이라는 개념으로 현대인의 외로움에 접근했다.

대중사회를 살아가는 대중은 모래알같이 유대가 단절된 채 단지 모여 있는 꼴이기 때문에 고독할 수밖에 없다고 진단했다.

우리는 태어나고 싶어 태어난 것이 아니고, 혼자 태어나 죽을 때도 혼자 죽어야 하는 존재이다. 그래서 우리는 그러한 외로움과 고독감을 안고 가는 존재라는 것이다. 그 사실을 인정하고 받아들이면 그러한 감정은 부정적인 감정이 아닌 어쩌면 우리의 감정의 당연한 일부로 여길 수 있을 것이다.

마르쿠스 아우렐리우스는 『명상록』에서 새의 시각으로 보면 "그대를 괴롭히던 많은 쓸데없는 것들이 지워진다."라고 말했다. 우리는 어떠한 사건이나 현상에 집착하고 그것이 안 좋은 것이면 모든 것들을 그 틀 안에 집어넣어 버린다. 하지만 넓은 관점에서 보면 그 일은 우리 삶의 일부고, 어쩌면 크게 좌지우지되지 않은 일들이 더 많다. 새가 큰 그림을 그리고 큰 날갯짓으로 세상을 품듯 그러한 마음이 중요하다.

지금보다는 더 넓고 큰 뜻을 가지고 있으면 지금의 고통이 덜하게 된다. 이렇듯 외로움을 느끼기 전에 우리는 누군가에게 나의 마음을 전달하고, 공감받고 위로받을 필요가 있다. 가족치료 전문가 사티어는 다음과 같은 중요한 말을 남겼다. "너무 많은 것을 혼자서 간직하려 한다면 순식간에 내면에 장애물이 쌓이고, 그것들은 우리를 외롭게 만들어 정서적 이혼으로 이끌 수 있다".

외로움을 느끼는 사람들이 많아졌다. 그래서 이성 친구를 만나고 결혼을 해도 외롭다고 한다. 사람이니 외로움을 느끼는 것은 당연한 감정일지도 모른다. 외로움을 자주 느끼는 사람들은 친한 사람과 교류를 더욱 자주 하도록 노력해야 하고, 나이 들어 경제적인 어려움과 주변 사람들에 대한 상실로부터 오는 외로움에 미리 대비해야 한다. 그리고 외로움을 느끼기보다는 고독을 즐기는 훈련도 필요하다. 외로움을 느끼는 시간을 내가 몰입할 수 있는 독서나 취미 생활로 극복하는 현명한 방법이 필요하다고 본다. 사무친 그리움과 외로움은 사람을 힘들게도 하지만 한층 더 성장해 가는 과정으로도 작용한다.

마더 테레사 수녀는 다음과 같은 말로 고독감을 전한다.

"가장 무서운 병은 한센병이나 암이나 결핵 같은 것이 아니다. 가장 무서운 병은 누구도 자신을 필요로 하지 않고 누구도 자신을 사랑하지 않으며, 모든 사람이 자신을 외면하고 있다고 느끼는 고독감이다".

가면(Persona)

　　person의 어원은 라틴어 persona에서 왔다. 즉 우리가 '사람'이라 부르는 이 단어의 어원은 가면, 역할, 등장인물 등을 뜻하는 단어에서 파생되었다.

　진짜의 모습을 가리는 가면은 나의 참다운 생각이 아니라 타인에게 그렇게 보이기를 원하는 모습으로써 남들의 생각, 가치에 영향을 받은 것이라 해석하는 사람도 있다. 어떠한 사람들은 그러한 것들이 겉으로 드러나는 사람은 이중적인 성격을 가지고 있다고 비판을 하기도 한다. 또 어떠한 사람들은 자신의 감정을 억누르고 얼굴에는 그러한 것들을 숨긴 채 정직한 사람으로 인정을 받기도 한다. 하지만 우리는 얼굴에 감정을 쓰고 산다. 인간이 태어나는 순간부터 죽을 때까지 감정이 없는 시간이 고작 33초라고 한다.

　어쩌면 그것은 감정이 평생의 표정에 들까 말까를 고민했던 순간일 것이다. 얼굴의 기원을 보면 표정이 없다. 맨 처음 울음의 표정이 생겨나고 '척'을 도구로 평생 가면을 다듬는 기술이 늘어갈 뿐이다. 좋은 척, 싫은 척, 기쁜 척, 슬픈 척, 자는 척, 죽은 척 여러분은 얼마나 많은 가면을 쓰고 살고 있는가? 건강한 가면인가? 아니면 나를 힘들게 하는 가면들인가?

우리는 삶을 살면서 많은 가면을 쓰고 살아간다. 기쁠 때는 슬픔을 숨긴 채로, 슬플 때는 기쁨을 숨긴 채로 그렇게 살아간다.

마음의 빗장을 꽁꽁 잠근 채 그렇게 살아가다 보면 진정한 나의 마음과 만나는 시간이 전혀 없다. 내 속마음을 이야기할 수 있는 사람이 한 명도 없다면 우리는 마음의 벙어리가 되어버리기 쉽다. 내가 누군가에게 진정으로 다가가고 싶다면 마음의 문을 열고 가면을 벗은 나의 나체적인 얼굴을 들이밀어야 한다. 그렇지 않으면 너무 오랫동안 그러한 부정적인 감정들을 억압했다가 갑자기 그것이 왜곡된 방법으로, 공격적인 방법으로 튀어나와 상처를 주게 된다. 상처를 준 쪽은 타인이지만, 그 상처를 받아들이고 수용하는 것은 나 자신이다.

중국 허베이성 한단에 있는 한 서비스 업체 감정노동자들은 매달 한 번 있는 휴식의 날에 가면을 쓴다고 한다. 지나치게 밝고 나의 감정을 속여야 하는 것을 방지해 주고, 편안한 마음으로 본래의 나의 가면으로 쉼을 주기 위함이다.

가족 안에서 나의 역할 때문에 쓰는 가면, 사회생활 속에서 쓰는 가면, 영적인 존재로 살아가야 하는 가면, 육체적으로 잘 보이기 위해 쓰는 가면, 물질적으로 풍요로움을 뽐내기 위해 쓰는 가면, 일하면서 내가 써야 하는 가면 등 우리는 살아가며 써야 할 가면이 많다. 그렇기 때문에 그 가면 속에서 진정한 나를 찾고 이러한 가면들이 흔들리는지 잘 살피면서 균형을 맞춰야 한다.

중국의 '서비스 업체'인 워피스(Woffice)는 한 달에 한 번, 직원들에게 가오나시 가면을 쓰고 일하도록 한다. 직업 특성상 직원들은 고객을 맞이해야 할 일이 많고, 고객을 맞이하는 직원들은 종일 접대용 미소를 지으며 하루를 보내야 한다. 매일매일 표정 관리를 하며 미소를 짓다 보면 직원들은 피로감을 느끼게 되고 지쳐버린다. 그래서 워피스는 휴식의 날을 지정해 '노 페이스 데이(No face day)'를 진행했다고 한다. 직원들이 하루쯤은 업무용 미소를 짓지 않고 자기 맘대로 표정을 지으면서 편하게 업무를 볼 수 있도록 하는 회사의 이벤트이다. 가오나시는 일본어로 "얼굴이 없다."란 뜻이기 때문에 노 페이스 데이에 가장 잘 어울리는 가면이라고 할 수 있다. 『타임지』의 보도에 따르면 워피스의 '노 페이스 데이'는 주변 서비스 업체들에도 영향을 주어 노 페이스 데이를 실행하는 회사가 늘어나고 있다고 한다. 울고 싶어도 웃을 수밖에 없는 서비스 업종의 사람들에게 '노 페이스 데이'는 달콤한 휴식일 것이다. 우리는 수많은 감정을 숨긴 채 남을 의식하면서 사는 문화가 강한 민족인데, 온전한 자신의 감정을 건강한 방법으로 표출하는 것도 중요한 시대가 된 듯하다.

사람은 누구나 콤플렉스를 가지고 있다. 그 콤플렉스가 약점이 돼서는 안 되며, 그것을 자극하는 것 또한 절대 있을 수 없다. 가령 어머니라는 단어를 보고 어떤 사람은 그리움을, 어떤 이는 집 나간 어머니에 대한 분노를 느낀다.

사람과의 대화에서 상대방의 약점을 건드리는 행위, 집안을 언급해 지적하는 행위는 바로 콤플렉스를 자극하는 행위이다. 사람이면 가지고 있는 콤플렉스를 잘 알아서 낭패를 보는 일이 없어야 한다. 커플이든지, 부부든지 이러한 중요한 위치에 있는 사람들은 책임지고 자신의 혀를 잘 훈련해야 한다. 가까이 있으면 약점을 더 잘 알기 때문에 커플, 부부가 말하는 모든 것이 도움이 될 수도 있고, 큰 해가 될 수도 있다. 옆에 있는 사람이 하는 말은 치유가 될 수도 있고, 상처를 줄 수도 있다. 또 누군가를 치켜세워 줄 수도 있고, 누군가를 무너트릴 수도 있다. 그래서 우리는 자신의 혀를 길들이는 것이 서로의 지속적인 목표가 되어야 하는 것이다. 물고기가 입에 의해서 낚이듯이 사람도 결국 입에 의해서 낚일 수 있기 때문이다.

간절함

　　한병철 작가의 『피로사회』에 언급된 내용을 보면 "시대마다 그 시대의 고유한 주요 질병이 있다. 우리 시대는 긍정성의 과잉으로 인한 질병을 앓고 있다. 열심히 일하면 무엇이든 할 수 있다는 긍정성의 과잉 상태에 던져진 인간은 결국 아무것도 할 수 없는 우울한 피로 상태에 빠지게 된다."라는 말이 있다. 참 무서운 말이면서도 정곡을 찌르는 말이다. 현대 사회는 항상 무엇인가를 열심히 하는 사람으로 넘쳐난다. 정규직과 안정된 일자리를 위해서 도서관에 온종일 앉아 공부하는 사람, 무엇인가 계속 배워 나가면서 언젠가는 나도 멋진 상담사나 강사가 되겠지 하는 마음으로 열심히 자격증을 취득하는 사람들도 너무 많기 때문이다.

　　최근에 "당신은 겉보기에 노력하고 있을 뿐"이라는 중국 작가가 쓴 글을 보면서 내가 뚜렷하게 생각하고 있는 목표를 위해서 가고 있는지, 남에게 보여주기 위해 열심히 하는 것은 아닌지를 생각해 보게 된다. 왜냐하면, 이제 사회는 너무나 평범하고 일률적인 소비나 서비스를 원하지 않고 있기 때문이다.

40대, 50대 어른들에게 '어린 시절로 돌아가면 무엇을 가장 하고 싶은가?'라는 질문에 가장 많은 사람은 '공부'를 열심히 하고 싶다고 뽑았다고 한다. 하지만 그때는 공부가 왜 이렇게 하기 싫은지…. 아마 누구나 다 이런 경험을 했을 것이다. 그 이유는 내가 스스로 하는 공부가 아닌 누군가가 시켜서 해야 하기 때문이다.

나는 스스로 태어난 존재이다. 엄마가 나를 꺼낸 것도 아니고, 의사가 꺼낸 것도 아닌 내가 스스로 엄마에게 산통을 주면서 내가 스스로 나왔기 때문에 통제받으면서 하는 공부는 하기가 싫은 것이다. 누가 시켜서 하는 공부가 아닌 온전히 내가 필요해서 하는 공부가 가장 효과가 좋은 공부이니 부모님들이 아이들에게 지나치게 공부하라고 하면 더욱 공부를 못하게 되는 아이가 된다.

공병호 작가의 『다시 쓰는 자기 경영노트』 중에는 이러한 말이 나온다. "한 시대를 풍미했던 '바둑 황제' 조훈현이 털어놓는 스승의 당부에 자본주의 체제의 핵심이 고스란히 녹아있다. 그를 애제자로 삼아 9년간 가르쳤던 스승 세고에 겐사쿠(1889~1972)는 조훈현에게 이렇게 당부했다. '이류는 서러워. 군겐(훈현의 일본식 이름), 네가 이 길을 가기로 했다면 일류가 되어야 해. 그렇지 않으면 인생이 너무 불쌍해'".

누구나 할 수 있는 일이 아닌 나만이 할 수 있는 것을 직업으로 삼고, 그것을 믿고 추진해 나갈 때 우리는 사회에서 도태되지 않고 낙오되지 않음을 안다. 그래서 나 또한 남들보다 더 치열하게 더 열심히 무엇인가 목표를 정해 가고 있다.

산에 오르는 사람들이 20km 아니 30km 위의 정상에 어떻게 오르는지 알고 있는가? 산 정상을 보면서 올라가는 것은 더 지치게 할 뿐이라고 한다. 바로 앞 3보, 앞 5보 앞만 보고 터벅터벅 걸어간다는 것이다. 목표는 정해져 있지만 지금 내 앞에 한발 한발에 정신을 집중하고 올라가야 무리 없이 잘 올라갈 수 있다는 것이다.

과거의 기억들이 나를 붙잡고 있기 때문에 내가 힘든 것이 아니라, 지나간 시간들을 자꾸 떠올리며 그곳에 머물기 때문에 힘든 것이다. 진정한 나는 기억 속에 있는 요동치는 파도 속의 성난 강물이 아니라, 어쩌면 그 파도치는 것을 밖에서 나와 고요히 바라보는 사람이 아닐까? 거친 것은 소리를 내지만, 깊은 것은 침묵을 지키기 때문일 것이다.

"내 글쓰기의 원동력은 '고독'이다". 베르나르 베르베르의 말이다. 어떠한 글을 쓰는 작가들뿐만 아니라 음악을 작곡하거나 예술의 혼을 담는 화가, 그리고 자기 일을 묵묵히 하는 사람들에게는 바로 이 고독이 중요하다고 생각한다. 이 고독은 '나'를 움직이게 하는 원동력이기 때문이다. 아무나 만나 술잔을 기울이고, 수다를 떠는 시간을 즐겨 하는 사람일수록 자기 일을 잘하지 못한다. 철저한 고립과 자기 관리만이 자신을 온전히 성숙하게 만들기 때문이다. 외롭고 힘든가? 자신만의 시간으로 온전히 자신의 일에 몰입해 보자.

우리는 보통 큰 나무를 보고 '우러러본다. 대단하다. 부럽다.' 하지만, 그 아름드리 큰 나무는 그늘 또한 큰 법이다. 우리는 겉모습만 보고 부러워한다. 하지만 크게 보일수록 그 사람의 내면에는 수많은 인고의 시간이 있다. 남몰래 흘려야 했던 눈물들도 많았을지 모른다. 살을 에는 추위가 없으면 뿌리가 강인해질 수 없고, 정말 찌는 듯한 무더위가 없다면 나무 또한 성장하지 않았을 테니까.

우리나라에 1만 6천 가지 이상의 직업이 있다고 한다. 공무원이 되고 고위 관계자가 되어야 성공한 인생은 아닌 것 같다. 내가 얼마만큼 그 일에서 보람과 기쁨을 누리느냐에 따라 생업이 되고 천직이 되는 것이다. 내가 얼마나 그 일을 하면서 가슴 뛰느냐의 문제이다.

우리 세상에는 우연의 법칙이 있다. 세상은 필연적으로 돌아갈 것 같지만 우연이 주는 것이 더 많은 것 같다. 직업도 처음부터 작정하고 되는 사람도 있지만, 우연히 그것을 알게 되고 공부하게 되어서 그 직업을 갖게 되기도 한다. 우연히 한 사람을 만나 친해지게 되고 우연히 사랑이 찾아오게 되는 것도 같다. 우연의 법칙. 하지만 계획된 우연의 법칙이 존재한다. 우연히 했던 일이, 우연히 만났던 사람이 내 삶의 직업을 결정하기도 하고, 운명의 인연을 만들어 주기도 한다.

사회학자 마크 크라노베터는 소개로 취직한 직장인에게 물었다. 그 중 82%가 가끔 만나는 사람 덕에 직장을 구했다고 한다. 이는 '약한 관계 효과'라고 하며, 스쳐 지나가는 사람에 대한 태도가 인생의 전환점을 결정한다는 것이다. 내가 오늘 무심코 지나쳤던 사람들에게 선의를 베풀고 정성을 다해야 함이다. "사람을 감동시키는 것은 그가 가진 재능이 아니라 가치 있는 것에 대한 그의 태도다."라고 헨리 데이비드 소로는 말했다.

이러한 것에서 오는 행복은 어쩌면 노력에 비례하고, 욕심에 반비례

하는 정의일지 모른다. 하지만 우리는 욕심을 지나치게 커지게 하면서 행복에 대한 수치를 당연하게 낮추는 연습을 하고 있다.

달팽이는 가장 천천히 앞을 향해 전진한다. 천천히 느릿느릿 가는 것 같지만, 신중히 더듬이로 동태를 살피면서 앞을 향해간다. 항상 빠름을 중요시하고 바쁘다는 말을 하지 않는 사람이 한 명도 없다. 달팽이가 주는 교훈이다. 달팽이는 천천히 가지만 뒤로 가진 않는다. 뚜렷한 방향과 목표가 있다면 달팽이가 되어보는 것도 나쁘지 않다.

습관

사람들은 누구나 좋은 습관도 가지고 있고, 나쁜 습관도 가지고 있다. 습관적으로 아침에 일찍 일어나 출근하기 전이나 학교 가기 전에 무언가를 이루고 성취하기 위해 노력하는 사람이 있는가 하면 아침에 일어나 눈을 뜨고 밥 먹는 시간도 없어 세수도 하는 둥 마는 둥 눈을 뜨는 둥 마는 둥 집을 나서는 것조차 힘들어하는 사람도 있다. 하지만 후자의 경우도 나름대로 이유가 있다. 너무 피곤해서, 어제 과음해서, 요즘 날씨가 좋아서 등 다양한 이유를 댄다.

우리가 하는 행동도 습관이 대부분이지만 우리가 온종일 쓰는 마음 또한 습관인 경우가 있다. 예를 들어 혼자 있는 것이 외로워 누군가를 만나고 결혼을 하지만 사랑하는 누군가가 내 옆에 있어도 외로움을 경험하는 사람들이 종종 있다. 이것은 우리 뇌가 행복한 일이 생기면 바로 '쾌락 적응'을 통해 예전에 주었던 행복이 이제 더 행복감을 주지 않는 것으로 생각하기 때문이다. 그래서 우리는 매사에 좋은 습관을 가지도록 노력해야 한다.

첫째, 아침저녁으로 매사에 감사한 점을 3가지 구체적으로 기록한다.

둘째, 우리 마음은 서랍장과 같아서 동시에 여러 개의 서랍장이 나오지 않도록 해야 한다. 이 말은 직장에 가면 집안일 걱정을 하고, 집에 오면 마치지 못했던 회사 일을 생각하는 것이 아니라, 직장에서는 직장의 일만, 집에 오면 집안의 일만 이렇게 하나의 서랍장만 나오게 하라는 것이다.

셋째, 규칙적인 운동은 마음을 가볍게 한다. 우리가 하는 생각이나 느낌은 잘 변하지 않는다. 그렇기 때문에 햇볕을 쬐면서 가볍게 걷는다든지 가벼운 웨이트 운동을 하는 것이 훨씬 더 몸과 마음을 기분 좋게 한다는 것이다.

마지막으로, 나만의 아지트를 만드는 것이다. 그곳은 언제든지 내가 몸과 마음이 지칠 때 갈 수 있는 곳이어야 하고, 조용한 음악과 내가 좋아하는 음료 등이 있으며 복잡하지 않은 곳이어야 한다. 세상 사람들은 하루하루 빨리 빨리를 외치며 급하게 살아간다. 천천히 온전히 나에게 집중할 수 있는 30분 정도의 시간은 나의 몸과 마음을 여유롭게 해줄 수 있다.

공병호 작가의 『다시 쓰는 자기 경영노트』에서 언급하였듯이, 현명한 사람은 자신이 가진 에너지를 절약하고 효율적으로 사용하는 데 익숙하다고 전한다. 그들은 꼭 해야 하는 일과 하지 말아야 할 일을 대부분 의식이 아니라 무의식의 영역으로 넘겨버린다. 일단 반복을 통해 습득된 습관을 무의식에 깊게 각인하기 때문이다. 이처럼 좋은 습관을 처음에는 의도적으로 노력해야 하는 것들로 생각하지만, 시간이 지나면 나의 무의식 속에 스며들 수 있는 것이다.

아리스토텔레스는 "사람은 반복적으로 행하는 것에 따라 판명되는 존재."라고 하였다. 따라서 탁월함이란 단일 행동이 아니라 바로 습관이라는 것이다. 이처럼 습관이라는 것은 우리 삶 속에서 엄청난 위력과 영향력을 가진 요소이다. 왜냐하면, 습관이야말로 일관성 있게, 주로 무의식적 유형으로 의식이 되기 전까지 날마다 끊임없이 우리의 품성을 나타낼 뿐만 아니라 우리가 효과적이고 성공적인 인생을 살아갈 수 있느냐 없느냐를 결정지어 주는 것이기 때문이다.

호레이스만은 "습관은 밧줄과 같은 것이다. 습관이란 밧줄을 매일 짜고 있다고 언급하면서 이렇게 잘 짜인 습관은 절대로 파손되지 않는다."라고 스티븐 코비 박사의 『성공하는 사람들의 7가지 습관』이란 책에서 언급하고 있으며, 우리의 습관을 인식(Knowledge)과 기량(skill), 욕구(desire)의 혼합체로 정의하고 있다. 이렇듯 하나하나의 습관은 나의 인식과 기량과 욕구를 통해서 내가 얻고자 하는 것이 무엇인지 인식하고, 그것에 따라 정진하다 보면 자연스럽게 나의 몸에 체득된다는 것이다.

어떤 상황이 변화하기를 바란다면 우리가 변화시킬 수 있는 것은 단한 가지이다. 바로 자기 자신에게 초점을 맞추어야 한다.

최근 사회는 결핍이 없는 사회이다. 그렇다 보니 내가 원하면 무엇이든지 먹을 수 있고, 얻을 수 있는 사회가 되었다. 이러한 것에서 내가 안주하고 편안한 것들에 익숙해진다면 나의 몸 또한 그러한 것들에서 오는 습관이 형성될 것이다. 그렇다면 나에게 필요하다고 요구되는 것들을 목록화하고 좋은 것들이 몸에 밸 수 있도록 습관화한다면 어떨까? 어떤 행동을 하나의 습관으로 바꾸려면 그때부터 그 길이 매우 힘들고 더디게 느껴질 것이다.

하나의 어떠한 것이 습관이 되기 위해서는 얼마나 걸릴까? 2009년 런던대학교에서 실시한 한 실험에 따르면 새로운 습관이 새로 생기기까지는 평균 66일이 걸리는 것으로 나타났다. 전체적으로 18일에서 254일까지 다양한 결과가 나타났지만, 평균 66일이 걸렸고, 쉬운 행동은 66일보다 좀 더 짧게, 힘든 행동은 좀 더 오래 걸렸다는 것이 이 실험에서 나타났다.

하나의 습관이 형성되려면 이렇게 2달이 넘는 시간 동안 지속적으로 해야 한다는 것이다. 하지만 사람의 특성상 하나를 결심하면 3일밖에 가지 못한다는 말도 있다. 그럼 우리는 그때 좌절하지 말고 다시 계획을 세우고 하나의 습관이 되기 위해서 다시 노력해야 한다. 작심삼일(作心三日)은 마음먹은 것이 3일밖에 가지 못하는 것이 아니라 3일마다 나의 행동을 교정하고, 새로운 목표의 습관 형성을 위해 다시 한번 나를 채찍질하라는 말의 의미가 아닐까 생각해 본다.

아주 작은 습관이나 생각을 바꾸면 많은 일을 해낼 수 있다. 우리는 항상 우리 틀 속에서 세상을 바라보고 삶을 영위해 나간다. 우리가 하는 모든 일이 습관처럼 형성되어 있기 때문이다. 아침에 일어나서 습관적으로 물을 마시는 사람이 있는가 하면, 필자는 눈을 뜨고 일어나기 전에 습관적으로 이불 위에서 윗몸일으키기를 50회 정도 하고 일어나 바로 물을 마신다. 습관처럼 운동하니, 시간을 내 운동을 하지 않아도 내가 운동을 하지 않는다고는 생각하지 않는다. 가방에는 습관적으로 책을 2권씩 가지고 다닌다. 한 권만 가지고 다니면 그 책이 재미없으면 나도 모르게 휴대전화를 켠다. 그러면 시간은 빨리 가지만 그 시간을 죽이는 것이다. 그래서 스페어용으로 책을 한 권 더 가지고 다닌다. 이것이 몸을 무겁게도 하지만 운동에도 좋다. 그래서 누군가를 기다리거나 시간이 좀 남을 때 자연스럽게 책을 본다. 그럼 시간을 정해서 독서를 하지 않아도 되고, 오히려 이럴 때 본 글귀들이 내 머릿속에 머물러 생각해 보게 된다. 또한 필자는 여기저기 강의를 많이 하러 다니기 때문에 차량 운전을 많이 한다. 차에서 행하는 나에게 가장 중요한 습관은 바로 강의를 듣는 것이다. 요즘 차량은 USB 인식 기능이 있어서 다양하고 유익한 정보의 강의를 외장 하드에 담아서 운전할 때 강의를 듣는다. 좋은 강의는 수십 번씩 들으면서 내 것으로 만들려고 노력한다. 이렇게 사소한 습관 하나가 하루하루 쌓이다 보면 정말 소중한 나 자신이 된다는 것을 실감하게 된다. 좋은 습관을 들이려고 노력하지 않으면 인간은 당연히 나쁜 습관이 몸에 익숙해지게 되어있다. 좋은 습관을 하나씩 만들어 보자.

아이들을 행복하게 하는 일

　　공부를 잘하는 아이가 1등 자식이고, 그나마 엄마 말을 잘 듣는 자식이 2등 자식, 자기 몸 하나 건강한 아이는 3등 자식, 아빠 닮은 아이는 4등 자식이라는 우스갯소리가 있다. 공부를 잘해야 가장 좋고 훌륭한 자식이라는 말이 왠지 가슴을 아프게 하는 현실이 된 것 같다. 공부를 잘하는 사람만이 사회에서 성공한 사람은 아니라고 떠들어 대며 공부가 인생의 전부처럼 부모님과 어른들은 그렇게 살아가고 또 그렇게 자녀를 키우고 있다. 그 올가미에 자녀를 가두고, 자녀의 숨통을 조이고 있는 것이다.

　갓 태어난 아기 새는 엄마의 품을 찾아 두리번거린다. 혼자 날 수 없는 아기 새는 엄마의 도움을 받는 것이 마땅하지만, 날개가 자라면 약육강식의 사회에서 살아남기 위해서는 힘든 날갯짓을 하고 적의 공격을 피해 먹이를 구해야 한다. 하지만 엄마의 지나친 걱정으로 둥지에만 있게 된다면 이 아기 새는 영원한 아기 새로 남게 된다. 사람도 이와 다르지 않다. 다 큰 성인에게 언어적으로는 독립을 강요하지만, 떠나지 말라는 비언어적인 메시지를 부모는 계속 보내고 있다. 다시 말해 부모는 독립하지 못할까 봐 걱정하면서도 독립을 하겠다고 하면 자기밖에 모르고 서운하다고 비난을 하거나 부정적인 감정을 나타내기 때문이다. 경제적으로 독립하고 정서적으로 독립해야 함이 옳다.

그것이 새든 사람이든 둥지를 벗어나기 위해서는 엄마의 도움도 필요하지만, 그 위험을 감수하고 날갯짓해야 하는 것은 나 스스로의 결정이고 선택이다. 누구나 문제아로 태어나는 사람은 없다. 단지 환경과 사회가 그 아이를 문제아로 만드는 것이다. 모두가 있는 그대로 인정받기 위해서는 가족에서 아이의 있는 그대로의 인정이 필요하다. 뭘를 잘해서 예쁨을 받는 것이 아니고, 있는 그대로의 사람이기 때문이다. 거기에 그 아이가 무엇인가를 잘할 수 있도록 많은 경험을 해보게 하고, 자신의 진로와 직업을 스스로 찾아가게 도와주는 것이 진정한 교육이고, 실천해야 할 훈육이다. 그래서 세상에 문제아는 한 명도 없다. 단지 그렇게 만든 것이다. 누가? 주변 사람들이.

필자는 청소년을 상담하고, 대중에게 심리상담 분야를 강의하는 강사로 활동하고 있다. 따라서 행복해하지 않는 청소년들에게 관심이 많다. 대부분 상담을 받으러 오는 청소년들은 부모님과의 갈등을 호소한다. 가만히 이야기를 들노라면, 물론 선천적 기질 때문에 문제를 가지고 있는 청소년들도 있지만, 대부분 부모님의 문제를 청소년들이 가지고 있는 경우도 많고, 너무 다른 성격 때문에 부모님의 통제적인 양육방식에서 힘들어하는 청소년들이 상당수다.

부모님은 사랑이라는 명목하에 자식들에게 지시하고, 명령하고, 통제하고, 설득하려 한다. 하지만 아이들은 그것을 사랑이라고 느끼기는 커녕 잔소리꾼이라 치부하고 너무 힘들어한다. 부모님의 잔소리를 들으면서 자존감이 낮아지고, 아무것도 못 하는 아이로 낙인찍히며, 험난한 세상에 나오기도 전에 힘을 잃고 방황한다. 이런 이들에게 진정 필요한 것은 '실패해도 괜찮아, 더 재미있게 놀아, 네가 좋아하는 것을 찾아봐.' 등의 격려일 텐데 말이다. 내가 상담했던 아이의 휴대폰 메인 사진 글귀가 맘에 걸려 적어본다.

"공부하려고 태어난 게 아닌데."

"잔소리 들으려고 태어난 게 아닌데."

"매일 울려고 태어난 게 아닌데."

"욕먹으려고 태어난 게 아닌데."

"학교 가려고 태어난 게 아닌데."

"배신당하려고 태어난 게 아닌데."

"뒷담 까이려고 태어난 게 아닌데."

"스트레스받으려고 태어난 게 아닌데."

진정 내가 자라나는 학생들에게 해줄 수 있는 일은 다른 어른처럼 지시하고, 앞에서 소의 고삐를 뚫어 끌고 가는 것이 아니라 아이들이 하고 싶은 이야기를 잘 들어줄 두 귀를 여는 일인 것 같다. 우리 삶에서 가장 중요한 요소인 바로 사랑이다.

특히 어린 시절 누군가에게 사랑받는 과정은 매우 중요하다. 어린 시절에 충분히 사랑받지 못하고 또 사랑받은 경험이 없는 사람은 사랑에 목말라 항상 누군가를 갈망하면서도 막상 사랑을 해야 할 순간에는 사랑으로부터 도망치고 싶어 하고 그 사랑에 저항하면서 힘들어하는 상황에 처하게 된다. 그러므로 어린 시절 누군가로부터 사랑받고 또 누군가를 사랑하는 마음은 정말 중요하다. 이러한 것들의 회복에는 결국 사랑만이 존재한다. 사랑이 부족해서 생긴 모든 것들을 채울 수 있는 것은 오직 사랑을 통해서만 회복될 수 있다.

필자는 부모님이 어렸을 때 시골에서 농사를 지었다. 해 질 녘 해가 서쪽 하늘로 뉘엿뉘엿 지면 새벽부터 열심히 수확하신 농작물을 싣고 부모님은 시내로 과일을 팔러 떠난다. 부모님의 뒷모습이 멀어질 때까지 기다린다. 한 시간, 두 시간, 세 시간 부모님의 자동차 불빛을 기다린다. 그때부터 누군가를 기다리는 것이 가슴에 사람이 산다는 것임을 알게 되었다. 누군가를 사랑한다는 것은 가슴이 따뜻해지는 일이다. 누군가에게 사랑받는다는 것 역시 가슴이 따뜻해지는 일이다. 옆에 있는 누군가로부터 사랑받지 못한다는 느낌은 너무 비극적인 일이다.

옆에 있는 누군가로부터 인정받지 못한다는 느낌은 내가 없어지는 일이다. 내 가슴에 사랑이라는 씨앗이 자라게 해준 부모님께 감사드려야 한다. 자식은 적어도 어린 시절까지는 내가 태어난 존재 그 자체만으로 부모에게 변함없는 지지와 사랑을 받아야 한다. 자식은 무언가를 잘해야만 사랑받고 부모의 어떠한 기대에 부응해야만 사랑받을 수 있고, 인정받을 수 있는 존재가 아니기 때문이다. 나의 존재로부터의 지지와 사랑, 또 나의 존재를 인정받는 사랑이 가장 중요한 한 아이의 삶을 결정한다.

존재 자체에 대한 인정, 뿌리에 의한 인정, 뿌리로부터의 인정이 중요하다. 아이들이 공부를 잘해서가 아니라, 엄마 말을 잘 들어서가 아니라 있는 그 자체에 대한 인정을 바라고 그것이 자존감의 출발점이다. 하지만 요즘 부모님들은 아이들이 말을 잘 들어야만 칭찬을 해준다. 그리고 걱정을 하면서 칭찬보다는 충고를 더 많이 한다. 어떤 일을 수행함에 있어 과정에 대한 칭찬과 그 아이 있는 그대로의 존재에 대한 인정은 그 아이가 험난한 세상을 살아가기 위한 아주 큰 밑거름이 된다. 주변에서 보면 말을 예쁘게 하는 사람이 있고, 말을 기분 나쁘게 하는 사람이 있다. 말을 기분 나쁘게 하는 사람의 특징은 몇 가지가 있다.

첫째, 억양이 다르다. 다시 말하면 억양이 굉장히 세고 격양되어 있다.

둘째, 명령조의 말투를 사용한다. 지시하고 설득하고 통제하고 명령하는 게 습관화되어 있다. 그 사람들의 특징은 어릴 적부터 잘해야 함을 강요받고 통제되어 왔다. 누군가로부터 통제받은 삶을 살아온 사람은 성인이 되어서도 누군가를 통제하고 싶어 하는 욕구가 있다.

셋째, 남의 장점을 보기보다는 남의 단점을 더 많이 본다. 그래서 매사에 부정적이다. 이야기를 나누면 충전이 되는 것이 아니라 항상 방전된 기분이다. 그런데 이러한 사람들의 공통된 특징은 자신이 그런 행동과 말투가 부정적인 시각을 가지고 있다는 걸 알지 못한다는 것이다. 참으로 안타깝다. 또 그러한 사람들의 마지막 특징은 자신이 문제가 아니라 남이 문제라고 생각한다. 그래서 자신은 항상 주변 사람들로부터 이용당하고 배신당한다고 생각한다. 그래서 그것을 똑같이 자식들에게 투사한다.

사람 마음 얻기

　　눈을 감으면 모든 게 안 보일 것 같지만 오히려 더 잘 보이는 것이 있다. 여러분들이 모두 연애 시절 누군가와 달콤한 입맞춤을 할 때 눈을 감는 이유를 생각해 봤는가? 이유는 간단하다. 거기에 집중하기 위해서이다. 그 사람을 온전히 느끼기 위해서일 것이다. 그래서 가장 중요한 것은 바로 마음이다.

　눈을 뜨면 잘 안 보이지만 눈을 감으면 더 잘 보이는 것이 있다. 바로 진실이다. 눈을 감으면 진정으로 나 자신의 마음이 보인다. 내 안의 나를 만나는 일, 그것은 밖을 보는 것이 아닌 나 자신을 보는 일이다. 잠시 눈을 감고 마음을 가볍게 해보자. 그럼 나의 마음이 보이고, 진정 내가 보인다.

　우리가 가까운 사람과 속마음을 털어놓고 이야기하는 이유는 내가 이렇고 저렇고 하는 말에 컨설팅을 바라는 것이 아니라, 내 말에 누군가가 공감해 줄 거라는 기대 때문이다. '공감'의 사전적 정의를 보면 "남의 주장이나 감정, 생각 따위에 찬성하여 자기도 그렇다고 느끼는 것"을 의미한다.

공감 능력이 부족한 사람은 상대방의 진짜 동기를 읽어내지도 못하고, 사회적 맥락을 제대로 파악하지 못한다. 이러한 이유는 지적인 능력이 부족하기 때문이 아니라 공감 능력이 부족하기 때문이다. 이렇듯 공감이란 타인의 상황을 알고, 그 사람의 기분과 감정을 이해해 주고 적절히 반응해 주는 것이다. 세상에 말을 하는 사람은 많아지고, 또 하고 싶은 말이 많아지는 세상에 누군가 내 말을 진지하게 들어주고 경청해 주는 사람들이 적어지고 있다는 현실이 안타깝다.

낙엽은 아래로, 아래로 떨어진다. 당연하다는 듯 그렇게 바람에 몸을 맡긴 채 아래로 향한다. 그대는 왜 낙엽이 묵묵히 소리 없이 아래로, 아래로 떨어지는지를 아는가? 사랑은 아래로, 아래로 낮아지는 것이기 때문이다.

또한 파울로 코엘료의 『마법의 순간』에서 "당신이 입 밖으로 내뱉은 말 때문에 누군가 상처를 받을 수도 있다. 그러나 당신이 내뱉지 않고 삼켜버린 말 때문에 상처를 받는 사람도 있다."라고 이야기한다. 우리는 옆에 있는 사람에게 소중한 말 '네가 내 곁에 있어서 고마워', '난 너를 사랑해.' 이런 말들을 평범함과 익숙함에 속아 너무 가슴속에만 간직하고 살고 있지는 않은지 생각해 볼 말이다.

어린 시절 길을 가다가 돌부리에 걸려 넘어지면 어머니는 오셔서 돌부리를 향해 '떼찌 떼찌'를 해주신다. 가만히 있고 움직이지 않는 돌이지만 돌이 잘못했다는 것이다. 하지만 나이를 먹어가고 시간이 흘러갈

수록 우리 주위에는 떼찌 떼찌 해주는 사람은커녕 나에게 명령과 지시적인 말들만 있을 뿐이다. 우리가 누군가에게 내 마음을 이야기하고 불평하는 이유는 그냥 있는 그대로 내 말을 들어주고 공감해 주며, 떼찌 떼찌 해줄 사람이 필요하기 때문이다. 우리 주위에 나의 말에 무조건 내 편을 들어주면서 어린 시절 엄마의 떼찌 떼찌를 해줄 누군가가 있는가? 없다면 내가 누군가의 그런 사람이 되어준다면 어떻겠는가? 우리가 마음이 맞는 친구와 이야기를 하는 것은 좋은 약을 먹는 것과 같은 것이고, 좋은 이야기는 귀로 먹는 보약이다.

우리 세대의 가장 위대한 발견은 바로 우리 마음을 바꿈으로써 삶을 바꿀 수 있다는 사실을 깨닫는 것과 마음이 없다면 보아도 보이지 않고, 들어도 들리지 않는다는 것을 아는 것에 있다.

우리 마음에도 찌꺼기가 있다. 지저분해지고 다른 사람에 의해 상처받은 부정적인 감정들이다. 하지만 우리는 자신도 모른 체 그러한 찌꺼기를 다른 곳에 몰래 버리듯이 다른 사람의 마음에 투사라는 것으로 전가를 하게 된다. 그게 나랑 가장 가까이 있고 소중한 사람에게 전해진다는 것이 문제다. 쓰레기를 아무 곳에서 무단으로 투기하면 안 되는 것처럼 우리의 감정들도 다른 곳에 함부로 전가해서는 안 된다. 쓰레기를 분리수거하고, 폐기할 것은 폐기하는 것처럼 내 마음도 잘 폐기하고 분리해서 버려야겠다.

남의 말을 경청하는 사람은 고요하고 잔잔한 마음으로, 사나운 사람들의 요동치는 마음을 읽고 포용한다. 『연탄 길』의 저자 이철환 작가의

『어떻게 사람의 마음을 얻을 것인가』라는 책에는 "멧돼지를 잡으려면 멧돼지처럼 생각하라"는 말이 있다. 멧돼지가 좋아하는 먹이가 무엇인지, 멧돼지가 좋아하는 집터는 어떤 곳인지, 멧돼지가 다니기 좋아하는 길목은 어떤 길목인지, 멧돼지가 무서워하는 것은 무엇인지, 멧돼지가 먹이 활동을 하는 시간과 잠자는 시간은 언제인지 등등을 먼저 알아야 한다는 것이다. 아마도 사람의 마음을 얻는 기술은 없을 것이고, 기술 속엔 진심을 담을 수 없기 때문이다. 다시 말하면 사람의 마음을 바라보는 자세와 사람의 마음을 바라보는 풍부한 상상력, 사람의 마음을 세심히 읽어내는 감수성이야말로 사람의 마음을 해석하는 가장 중요한 열쇠가 아닐까 생각한다. 맞는 말이다. 사람에 대한 감수성이 사라지는 순간 우리는 사람과 멀어지게 되는 것이다. 누구나 악의는 없다. 하지만 인간 감수성이 없어지게 되면 박찬욱 감독의 「찬드라 이야기」에서처럼 죄가 없는 사람을 정신병원에 6년 3개월 동안 수감한 일들이 생기지 않을 텐데 말이다.

다음 동화를 통해 인간 감수성을 느껴보고자 한다. 『금강경』에 나오는 「파리가 배 속에 있어요」라는 글을 각색해 보았다. 어떤 남자가 의사를 만나러 왔다. 그는 자기 뱃속에 파리 두 마리가 들어가 있다는 환상에 시달리고 있었다. 그는 입을 벌리고 자는 버릇이 있는데, 그 틈에 파리가 배 속으로 들어갔다고 생각하고 있었다. 그는 계속 걱정에 시달린 나머지, 한 자세로 가만히 앉아있을 수도 없었다. 그는 파리가 계속 이쪽저쪽을 왔다 갔다 하며, "그놈들이 이쪽으로 왔다", "이젠 저쪽으로 갔습니다."라고 말하면서 거의 미칠 지경이라고 말하였다. 그는 여기저기 의원을 찾아가 보았지만 도움이 되지 못했다. 그들은 한결같이 웃음을 터뜨리며 "그것은 당신의 상상일 뿐입니다." 하고 말했다. 만약 여러분이 의사라면 어떻게 했을 것인가?

물론 사람마다 다 답이 다르다. 배속을 가른다, 파리가 나오는 약을 준다, 다른 병원에 가라, 기타 등등. 하지만 상대방의 입장에서 이해해 보면 그렇게 간단한 문제가 아니라는 것이다. 여기에 답을 굳이 언급해 보자면 "하루 입원을 하게 하여 잠을 자게 한다. 그리고 입을 벌리고 자는 습관이 있기 때문에 밖에서 파리 2마리를 잡아 온 후 아침에 일어나면 그 파리 2마리가 입에서 나왔다고 이야기를 하면서 공감해 준다." 정도가 될 것이다. 나의 입장이 아닌 상대방의 논리로 이해한다는 것을 말하고 싶었을 것이다. 공감은 아무리 이해 가지 않고 납득하기 쉽지 않은 일이라도 상대방을 이해하는 것에서 시작할 수 있다. 즉 상대방의 엉뚱한 논리라고 하더라고 인정하고 존중하는 일이 가장 중요한 요소이다.

독침 제거 방법

       우리는 어린 시절부터 기쁨이나 긍정적인 표현들은 많이 하면 좋다고 교육받으며 훈련을 받는다. 반면에 슬픔이나 분노, 노여움, 억울함 등은 참고 인내하는 게 좋다고 교육을 받으며 자란다. 이러한 부정적인 감정은 억누르고 참는다고 없어지는 것이 아니다. 이러한 부정적인 감정은 풍선의 공기가 부풀어 오르듯이 차올라 어느 순간 터질지 모르는 크기로 차오른다. 하지만 그것보다 중요한 것은 아무도 예상하지 못한 순간에 그 풍선이 터진다는 것이다. 정작 본인은 그 풍선이 어디서부터 어떻게 부풀어 올랐는지조차 인지하지 못한다. 더 놀라운 것은 그 부풀어진 풍선을 터트려 주고 건드려 주는 사람은 바로 내가 가장 만만하다고 생각하는 사람이고 또 그 만만한 사람이 바로 가족이 되기 쉽다는 것이다. 가장 사랑하는 사람도 가족이지만, 또 가장 많은 상처를 주는 것도 가족이다. 우리가 마음속에 쌓아놓는 부정적인 감정은 쌓아놓으면 마음속 폭탄이 된다는 것을 잊어서는 안 된다. 요즘 사람들이 많이 참고 인내하기 때문에 도로 위에서도 분노를 표출하는 사람들이 많다. 외부로 표출한 분노는 바로 나의 내면에 쌓인 공격성을 외부로 투사한 것이다. 도로 위에서 끼어드는 차들이나 매너 없이 운전하는 사람들에게 유난히 더 화가 나는 것은 자기 내면에 억눌러 놨던 받아들이기 힘든 타인에 대한 부정적인 감정, 즉 분노나 미움, 시기심 같은 감정이 끼어들기를 하는 사람에게 폭발하는 것이다.

너무 참고 사는 것보다는 내면의 부정적인 감정을 발산하는 것이 좋다. 시벌노마(施罰駑馬), 족가지마(足家之馬) 크게 한번 외쳐보자. 이것은 욕이 아니다. 시벌노마는 열심히 일하는 말에게 채찍을 가한다는 뜻이고, 족가지마는 족씨 집안의 말, 분수에 지나침을 경계하라는 뜻이다. 2014년 영국 킬 대학의 연구팀이 욕설은 감정적이고 창조적인 언어로 건강에 좋다는 이색적인 연구 결과를 발표했다. 그간 꾸준히 욕구 장점에 대한 영향을 분석해 온 연구팀은 이 같은 내용의 논문을 버밍엄에서 열린 영국심리학회(The British Psychological Society) 콘퍼런스에서 발표했다. 이렇듯 지나치게 나의 부정적인 감정을 억압하고 누르는 것보다는 적절하게 해소하고 표출하는 것도 도움이 될 것이다. 또한 철학자들은 암(癌)이라는 한자를 분석함에 있어서도 말하고 싶은 욕구(口)는 너무 많은데 그것을 산(山)이 막아버린 것이 암이라고 분석하면서 지나치게 참는 것이 좋지 않음을 이야기하고 있다.

세상에 나에게 독화살을 쏘는 사람, 고통을 주는 사람, 나를 힘들고 불안하게 하는 사람이 따로 있는 것이 아니다. 내가 나의 나쁜 과거의 기억을 놓지 못하고 닭이 알을 품고 있듯이 마음속 깊은 곳에 품고 있기 때문에 문제들이 생긴다. 내가 그 부정적인 나쁜 기억의 알을 품고 있는 것을 아는 것에서부터 나의 상처가 치유될 수 있다.

최근에 『무례한 사람에게 웃으며 대처하는 법』이라는 책을 읽은 적이 있다. "결국 우리는 무례한 사람에게 좋게, 좋게 넘어가지 않아야 좋은 세상이 온다."라는 말과 대한민국에 젖어있는 갑질 문화 등을 재미있게 쓴 책이었다. 저자는 그동안 다양한 사람들에게 갑질을 받아오면서 받은 마음의 상처와 또 그에 맞는 해결책을 제시해 준다. 한 국회의원이 공항에서 나오면서 자신의 비서에게 보지도 않고 캐리어를 건넸던 No Look pass를 이야기하면서 무례한 사람에 대한 대처법을 설명하는 책이다.

누군가가 나에게 심각한 폭언이나 비난을 쏘아붙일 때가 있다. 내가 잘못하지도 않았는데 말이다. 그 사람의 부정적인 감정이 나에게 투사되면서 나에게 화풀이를 하고 있다고 느낄 때는 어떠한 변명과 말도 필요 없다. 오히려 장황한 그 말은 그 사람의 부정적인 폭언에 기름을 끼얹어주는 것이기 때문이다. 그럴 때는 부엉이가 하는 말처럼 '아, 그래요?' 하면 된다. 그걸로 충분한 대답이 될 것이다.

요즘에 상담실에 찾는 사람들의 특징은 급변하는 사회에서 힘들어하고 또 이 세상에서 살아남느라 나의 자존감에 상처를 입은 사람들이 많다. 이들은 타인에게 거절을 못 하면서 지치거나 반대로 지나치게 거절하면서 괴로워하고 죄책감을 느끼고 내가 나쁜 사람이라고 생각한다. 매일매일 선택의 상황에서 갈등하고 힘들어한다. 내가 나를 우선시하느냐와 내가 나보다 타인을 우선시하는 것에서 갈등을 일으키며 힘들어하는 것 같다. 결국 중요한 것은 나 자신이다. 내가 누군가로부터 독화살을 맞으면 그것을 빨리 빼 치유해야 한다. 그리고 내가 왜 독화살을 잘 맞는지 나를 한번 되돌아보자.

빨리 가는 것보다 잘 가는 것이 중요한 이유

1960년대를 산 우리 부모님의 세대는 근면하고 성실히 무언가를 묵묵히 하는 사람이라면 이른바 밥벌이를 할 수 있었고, 다양한 곳에서 나의 열정을 무기 삼아 돈을 벌 수 있는 시대였다. 하지만 2024년 한국은 3% 이하의 저속 성장과 장기적인 불황의 깊은 수렁 속에서 하루하루를 근근이 살아가고 있는 현실이다. LTE급 속도로 엄청난 정보의 양이 인터넷과 스마트폰으로 쏟아져 나오고, 너도나도 잘난 사람들이 등장하면서 마치 평범한 삶을 사는 우리들은 왠지 뒤처진 삶을 살고 있다고 비교당하면서 자존감 또한 낮아지고 있지 않은지 안타까울 따름이다.

"빠름 빠름 빠름."이라는 모 전화 광고가 마치 엄청난 속도로 연결되는 것처럼 우리의 삶도 투입과 산출이 바로바로 나오는 것을 마치 당연하게 여기면서 내가 노력한 결과가 바로 나오지 않으면 쉽게 좌절하고 포기해 버린다. 하지만 우리의 삶에서 빠른 것이 성공의 미학은 아니라고 생각한다. 최근 보도들 때문에 어린 나이에 창업에 성공하고 무언가를 이룬 사람을 당연하게 여기면서 빠른 속도로 내달려 가지 않은 것을 이상하게 여기기도 한다. 그렇지만 이런 일이 보편적으로 일어나는 것은 아니다. 그 사람들은 오래전부터 실패하고 좌절한 것들을 걸림돌이 아닌 디딤돌로 삼아 다시 일어나고 연구하고 공부해서 이룬 것이다. 우리의 작은 성취들이 꾸준히 쌓이고 축적되어서 큰 것으로 연결되었다는 것이다. 겉으로 보이는 성공의 아름다움과 마치 아무 일도 없이 깨어나 보니 성공과 성취의 표상인 것처럼 느껴지고 보일 뿐이다.

그래서 우리는 무언가 마음속으로 결심하고 하고 싶은 것들이 생기면 완벽하게 준비가 될 때까지 기다려서는 안 된다. 완벽하게 준비가 될 때는 오지 않을 것이기 때문이다. 시도할 만한 가치가 있고, 금전적으로 또는 경제적으로 큰 타격이 있지 않은 일이라면 일단 시도해 보아야 한다. 그러한 것들을 하다 보면 그 과정에서 예상하지 못한 것들이 문제로 부딪치게 되고 그러한 것들을 하나하나 해결해 나가다 보면 그것들이 나를 성장하게 하는 원동력이 될 것이다. 그러한 것들은 대개 책에도 나오지 않고, 누가 예측해서 알려주지도 않는다. 다시 말해 어떠한 일을 몸으로 부딪쳐 보지 않으면 우리는 어떤 것을 정확히 알기가 힘들다. 어떠한 일에 최고가 되고 싶고 일인자가 되고 싶다면 누가 먼저 행동을 옮기는지가 성공의 열쇠인 것이다. 뷰리단의 「당나귀」라는 글을 아는가? 몹시 배가 고픈 당나귀가 두 개의 건초더미에서 이것을 먹을까 저것을 먹을까 우왕좌왕하다가 결국 굶어 죽게 된다는 이야기가 있다. 혹시 무언가 실행에 옮기지 않고 머릿속으로만 고민하면서 괴로워하고 있진 않은가? 그러지 않으려면 지금 당장 내가 무엇을 할 수 있는지 작은 것부터 실천하는 것들이 필요하다.

성공의 비결은 시작에 있다. 그 시작의 비결은 아무리 복잡하고 어려운 문제라도 작은 것으로 나누고 나누어 하찮은 일부라도 시작하는 데 의미가 있다.

또한 우리는 어떠한 과제에 대한 결과물도 중요하지만, 거기까지 가는 과정도 즐길 줄 알아야 한다. 바로 지금, 여기, 한 순간순간마다 내가 목표한 것들을 이뤄나가는 과정의 소중함과 기쁨, 아름다움과 경이로움이 깃들어 있기 때문이다.

사람은 누구나 자신만의 패턴으로 삶을 산다. 그 패턴이 옆에 있는 사람과 맞물려 떨어지는 것이 있으면 잘 돌아가는 것처럼 보이지만, 나랑 맞지 않는 패턴의 사람이 있으면 관계가 틀어지기 시작한다. 특히 가족이 그렇다. 패턴이 없으면 사람이 살아갈 수는 없지만, 그 다양한 패턴으로 인해 우리의 행동이나 사고의 제약이 따른다. 그것들이 얽히고설켜 있는 곳이 가정이란 곳이다. 가족은 모두의 패턴들이 맞물려 가야 하는 곳임에도 불구하고 각자의 톱니바퀴를 굴리면서 내 톱니바퀴에 모두가 맞춰주기를 바라는 것이다. 빨리 깨우치는 게 중요한 것이 아닌, 톱니바퀴가 하나하나 맞물려 돌아가듯 모든 것을 하나하나 정비하고 맞춰 나가야 한다.

내 안에 너 있다

　몇 해 전 SBS 방송사에서 방영한 『파리의 연인』이라는 드라마에서 모 연예인이 "내 안에 너 있다."라는 말로 유명세를 탄 적이 있다. 가슴에 네가 있으니까 지금 내가 사랑하고 좋아하는 사람이 너라는 뜻이다. 아무 조건 없이 누군가를 그리워하는 사랑의 느낌이 가장 중요한 삶의 가치 중 하나이다. 우리는 어린 시절에는 조건 없이 나를 사랑해 주고 지지해 주는 부모님 특히 엄마의 사랑을 먹고 자라고, 어른이 되어서는 나를 사랑해 주는 그 누군가를 찾아 헤매면서 좌절하기도 하고 상처받기도 한다. 위기철 작가님의 『아홉 살 인생』 중에 이런 말이 나온다. "누구를 좋아한다는 것은 몹시 귀찮은 일이지. 공연한 참견쟁이가 되고 남의 인생 때문에 속상해하곤 하지 그러면 내 인생은 엉망진창이 되고 말아. 참 이상한 일이야. 뭔가 아쉽기 때문에 사랑을 하는데 사랑을 하면 더욱 아쉬워지게 되거든. 그래서 때때로 악당이 되어버리지. 공연히 트집을 잡고 공연히 화를 내고 사랑을 하면 기대하는 것이 많아지기 때문에 그만큼 아쉬운 것도 많아지고 그래서 공연한 투정도 부리는 건데 상대방은 결코 그걸 이해하려 들지 않아. 단지 못된 성깔을 가졌다고만 생각하는 거야".

우리는 사랑하면 그 사람을 소유하고 또 소유해야 한다고 생각한다. 그래서 나랑 다름을 인정하지 못하고 나의 가치관과 나의 삶에 맞추려 한다. 그렇기 때문에 갈등이 생기고 다툼이 생긴다. 사랑하는 사람이 생기면 그것은 온전히 나랑은 다른 사람이 나의 옆에 다가온 것이다. 어느 누가 내 옆에 와도 모든 사람이 다 나처럼 살아오지 않았고 또 살아가진 않으리라는 것을 인정해야 한다. 기대가 없으면 다툼이 없다. 여기서 기대라는 것은 무관심 적인 기대가 아니라, 나와 다름을 인정하는 기대라는 것이다. 사랑은 소유가 아니다. 묵묵히 그 사람을 위해서 희생하면서 희생이라고 생각하지 않는 것, 있는 그대로의 상대방을 받아들이고 인정해 주는 것이 아닐까?

서정윤 님의 「사랑한다는 것으로」라는 시가 이 시대의 진정한 사랑이 아닐까 생각한다.

　　사랑한다는 것으로

　　새의 날개를 꺾어

　　너의 곁에 두려 하지 말고

　　가슴에 작은 보금자리를 만들어

　　종일 지친 날개를

　　쉬고 다시 날아갈

　　힘을 줄 수 있어야 하리라

이렇듯 우리에게 사랑하는 사람이 생긴다는 것은 또 하나의 인생을 갖는 것이다. 우리가 인생을 뒤돌아보았을 때 제대로 살았다고 생각되는 순간은 남을 미워하거나 시기하고 질투한 때가 아니라, 오직 내가 사랑하는 마음으로 살았던 순간일 것이다. 내가 누군가를 싫어하면 내 마음속에 그 사람이 노예가 되어 시도 때도 없이 나타나 나를 괴롭히기 때문이다. 남자도 좋은 여자를 만나야 하지만, 여자도 좋은 남자를 만나야 한다. 만나지 말아야 할 남자의 종류는 자존감이 낮은 사람, 소유욕이 많은 사람, 집착이 심한 사람, 주사가 있는 사람, 폭력적인 사람이다. 그렇기 때문에 멋진 젠틀맨은 자존감이 높고, 소유욕이 적당히 있고, 주사가 좋고, 폭력적이지 않은 사람이다.

내가 생각하는 행복의 조건을 나열하라

행복이라는 주관적인 느낌은 많은 사람이 생각하는 것처럼 물질적인 만족감에서만 오는 것이 아니다. 다시 말해 행복이라는 것은 우리의 삶의 자세와 정신적인 안정감에서 비롯된다는 것이다. 2017년 4월 5일 방송되었던 KBS1 시사 프로그램 『생로병사의 비밀』에서는 행복한 삶을 사는 사람들에게는 몇 가지 공통점이 있다고 전했다. 즉, 자신의 현재에 만족하고, 가족, 친구, 동료 등 주변 사람들과 좋은 관계를 유지하며, 위기가 찾아오면 긍정적인 힘으로 극복한다는 것이다. 그리고 이 모든 것들은 이해와 감사에서 시작된다고 본다.

우리가 감사하면 행복감을 느끼는 이유는 무엇일까? 이는 뇌의 활동과 깊은 관련이 있다. 감사를 느끼면 뇌의 측두엽 중에서도 사회적 관계 형성에 관련된 부분과 즐거움에 관련된 쾌락 중추 부분이 작용해 도파민, 세로토닌, 엔도르핀 등 이른바 '행복 호르몬'이 분비되기 때문이다. 이로 인해 우리 몸의 심장 박동과 혈압이 안정되고 근육이 이완되면서 행복감을 느끼게 된다. 긍정심리학자 마틴 셀리그만(마틴 셀리그만

(Martin E. P. Seligman)은 긍정심리학의 창시자로 '동기' 분야의 대표적 전문가이다. 개인의 강점 파악하기, 긍정적 감정 함양하기, 매일 감사하기, 용서하기, 낙관과 희망 갖기, 사랑과 애착 갖기, 선물하기, 편지 쓰기 등을 언급하면서 행복감을 노력하면 얻어질 수 있는 개념으로 보았다.

행복은 내가 물질적으로 얼마나 많이 가지고 있는 것들이 아닌, 현재 내가 느끼는 것과 얼마만큼 현재 삶에 만족하느냐가 무엇보다 중요하다. 1937년『행복의 조건』하버드 실험에서는 75년간 20대에서 80대까지 추적조사를 한 보고가 있다. 이 연구 결과를 보면 행복의 조건은 부모의 재산, 지능지수, 학교 성적과는 무관한 것으로 나타났다는 사실이다. 행복하기 위해서는 고난에 대처하는 자세가 가장 중요했다. 즉 삶에 대해 얼마나 긍정적으로 보고 있느냐를 보는 낙관성이 행복에 가장 큰 영향을 주었다. 그 외에 행복의 조건으로는 비흡연, 적당한 음주, 적당한 체중, 안정적인 결혼 생활 및 끊임없이 배움을 놓지 않는 삶의 태도가 포함되어 있었다.

내가 현재 가지고 있지 못한 것들에 대해서 힘들어하고 좌절하기보다는 현재 가지고 있는 것들에 대해 감사하는 것이 행복의 조건이다. 내가 미래에 가장 행복할 수 있는 조건은 지금 얼마나 행복한가로 판단될 수 있다. 행복은 손에 잡고 있는 동안에는 작게 보인다. 하지만 놓치고 나면 얼마나 크고 귀중한 것인지를 알게 된다. 행복을 추구하고 찾으려고 온 세상을 찾아 헤매도 내 마음속에 아름다움과 행복이 없다면 그것을 찾을 수 없을 것이다. 내가 행복하리라고 마음먹은 만큼만 보인다고 했으니까. 우리는 누구나 크고 작은 상처들이 있다. 그런데 대부분의 사람은 자신이 불행할 수밖에 없는 이유를 자꾸 내세워 자신의 불행을 합리화한다. 삶은 고통이 없는 것이 아니라, 그 고통을 얼마나 참고 견디느냐의 문제이다.

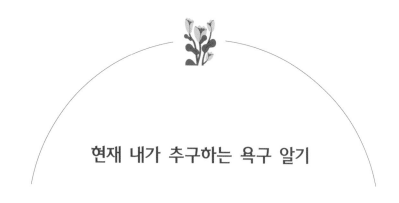

현재 내가 추구하는 욕구 알기

　　사람들은 자신들의 욕구를 의식적으로나 무의식적으로나 추구하면서 살아간다. 자신의 욕구를 잘 아는 사람은 음식을 시킬 때도 자신 있게 '나는 이거 먹고 싶다.'라고 말을 하지만 나 자신의 욕구를 잘 알아차리지 못하는 사람들은 음식을 시킬 때도 '아무거나.'를 외치면서 남들이 하는 것들을 따라 하며 진정한 나의 욕구를 알아차리지 못한다. 이러한 사람들의 가장 큰 문제점은 다른 사람들의 마음도 알지 못할 가능성이 크다는 것이다. 심리학적으로 내 마음을 아는 것과 상대방의 마음을 아는 것이 같은 구조이기 때문이다. 현재 내가 원하는 욕구가 무엇인지 아는 능력이 필요하다. 사람들은 대부분 다음과 같은 욕구가 있다.

　　첫째, 생존에 대한 욕구가 있다. 내가 음식을 먹고 마시고, 집에서 편안한 잠을 자고 다양한 병에 걸리지 않고 살고 싶어 한다. 이 욕구는 인간의 기본적인 욕구이자 꼭 필요한 욕구이다.

　　둘째, 소속감의 욕구이다. 우리는 누군가로부터 사랑받고 또 누군가를 사랑하고 싶은 욕구이며, 협력하고자 하는 욕구이다.

셋째, 권력의 욕구, 즉 파워의 욕구이다. 무언가로부터 경쟁하고 성취하고 중요한 존재이고 싶어 하는 욕구이다. 직장에서 리더가 되고 싶고, 집안에서 우위를 차지하고 싶은 욕구인데, 이러한 것들이 높은 사람들은 이 욕구가 충족되지 못했을 때는 심한 좌절감을 경험한다.

넷째, 자유의 욕구이다. 인간은 태어날 때 엄마에게 산통을 주면서 스스로 독자적으로 태어난다. 어딘가 가야 할 것을 선택하고 인간의 다양한 영역에서 마음대로 하고 싶은 욕구이다. 인간의 자유 욕구가 가장 억압되는 곳은 군대이다. 그렇기 때문에 대한민국 남자들이 군대를 가장 힘들어하는 곳으로 생각한다. 통제가 많기 때문일 것이다.

마지막으로 즐거움의 욕구이다. 웃고 건강한 스포츠 활동을 하고 책을 읽고 무언가를 모으고 수집하고 삶의 많은 영역 가운데 새로운 것들을 배우고 놀이를 통해 즐거움을 즐기고자 하는 욕구이며, 여행과 다양한 취미 생활 등의 경험이 중요한 즐거움의 욕구이다.

이렇게 사람들은 다양한 욕구를 가지고 또 추구하면서 살아가고 있다. 본인이 진정 추구하는 욕구는 무엇이고 또 지금 결핍된 욕구가 무엇인지 알아차림으로써 우리 삶 또한 건강한 삶으로 한 발짝 다가갈 수 있을 것이다.

아이들의 손과 발의 모체는 바로 입이다. 모든 것을 입으로부터 판단하고 입의 허락을 받는다. 그래서 그것들을 입으로부터 느끼고 거기에서 나의 욕구를 충족하게 된다. 이때의 결핍은 실제로 성인이 되어서도 많은 욕구를 채우기 위해서 입에서의 활동을 하게 되며, 담배를 많이 태우는 것도 이때의 욕구 결핍이 원인이라는 주장도 제기되고 있다. 손가락을 빠는 행위는 내가 애정의 욕구를 충족하기 위함이고, 나에게 사랑이 필요하다는 욕구이기 때문에 손을 빠는 행위를 지나치게 제지하거나 눈치를 보게 하는 것도 좋지 않을 듯하다. 그렇기 때문에 어떤 사람의 행동 밑에는 어떠한 욕구가 있는지 보는 능력이 중요하다. 물론 폭력적인 행위나 남을 해치는 행동은 인정할 수 없지만, 그 사람의 밑 마음에 있는 욕구를 잘 알아야 그 사람을 이해할 수 있다.

✓ 현재 당신의 욕구는 무엇인가?

노년을 준비하려면 카잘스처럼

파블로 카살스(Pablo Casals)로 널리 알려진 파우 카살스 이 데피요(카탈루냐어: Pau Casals i Defilló, 1876년 12월 29일~1973년 10월 22일)는 스페인 카탈루냐 지방에서 출생한 첼로 연주자이자 지휘자이다. 그는 '현대 첼로 연주의 아버지'로 불린다. 교회 음악가인 아버지의 영향으로 피아노, 바이올린 등을 먼저 연주했지만 11세 때 첼로에 입문한다. 13세 때 바르셀로나의 골목 헌책방에서 바흐의 무반주 첼로 모음곡 복사본을 발견하고 13년 동안 연습해서 전곡을 연주하는 위업을 이룬 것으로 유명하다. 카잘스는 96세까지 젊게 살다가 눈을 감았고, 81세의 나이에 20세의 애제자와 결혼해서 15년 행복하게 살았다. 그는 젊게 살기 위해 노력했고, 90대에 이런 말을 남겼다. "나는 아마 세계에서 가장 늙은 음악가일 것이다. 나는 노인이지만 많은 의미에서 매우 젊은 사람이다. 이 점이 내가 원하는 바이며 젊음, 삶 전체를 젊게 살라는 말을 진정 세계에 하고 싶다." 그는 아흔이 넘어서도 하루 6시간씩 첼로를 연습했다. 기자들이 이유를 묻자 "나는 지금도 매일 조금씩 실력이 느는 거 같아!"라고 대답했다.

　우리는 어떻게 살고 있고 또 어떻게 살아야 할 것인가? 고령화 사회에서 카잘스처럼 행복하고 건강하게 늙는다는 것은 개인의 숙제이다. 건강하게 늙는 비결을 정리해 보면 다음과 같다. 의학자들은 건강도 뿌린 만큼 거두게 돼있다고 말한다. '나는 예외'라는 생각이 병들고 불행한 노년의 지름길이라는 것이다. 건강 100세를 위해서 젊었을 때부터 실천해야 할 수칙이 있다.

　매일 아침 식사하는 것을 비롯해서 식사를 규칙적으로 하되, 혼자 먹지 않는다. 자원봉사, 친목 모임 등을 통해 사회 활동을 유지한다. 매일 30분 이상 근력 운동, 유연성 운동, 유산소 운동 등을 병행한다. 미국 하버드대의 장기 연구 결과 젊었을 때 규칙적으로 운동한 사람은 노년기에 정신이 건강한 것으로 나타났다. 나만의 취미 생활을 갖고 음악, 시 쓰기 등 예술 활동을 즐긴다. 매일 과일, 채소를 3개 이상 먹는다. 물을 충분히 마시고 우유 및 유제품을 듬뿍 먹는다. 차(茶)를 즐긴다. 나의 몸에 맞는 차를 선택해 습관적으로 마신다. 자주 걷는다. 가까운 길은 차를 이용하지 않고 대중교통을 이용하거나 두 다리를 이용한다. 계획적으로 생활한다. 계획을 세워서 실천한다. 유머를 즐기고 일부러라도 웃는다. 어쩌면 이러한 것들을 우리가 다 알고 있을지도 모른다. 하지만 이런 것들을 서두에서도 언급했듯이 얼마나 나의 습관으로 만들어 실천하느냐가 관건일 것이다. 오늘부터 아니 지금 당장 적어보고 실천해 보길 바란다.

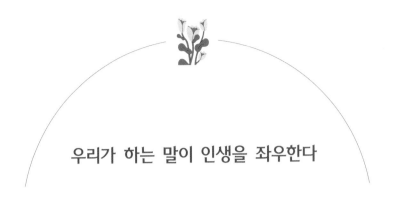

우리가 하는 말이 인생을 좌우한다

유대인 격언 중에 이런 말이 있다. "말이 입안에 있을 때는 네가 말을 지배하지만, 말이 입 밖으로 나오면 말이 나를 지배한다". 어떻게 보면 당연한 말이지만 참 무서운 말이다. 내가 하루 종일 어떠한 말을 하고 사느냐를 한번 생각해 보자.

내가 가지고 있지 못한 것에 대한 불평과 불만을 주로 이야기하는지, 의식적이든 무의식적이든 내가 현재 가지고 있는 것들에 대한 감사한 마음과 여유로운 마음을 가지고 긍정적인 생각과 언어들을 주로 사용하는지 생각해 봐야 한다.

사람의 말은 귀를 타고 뇌에 전달되면 그제야 우리 뇌 호르몬이 작동한다. 내가 부정의 언어를 귀로 전달하면 뇌 속에서 스트레스 호르몬이 생성되고, 내가 긍정의 언어와 사랑의 언어를 귀에 담아내면 그제야 뇌 속에서 긍정의 호르몬이 나온다는 사실이다. 또한 우리는 지나치게 과거를 생각하고 미래를 생각한다. 지금 생각하고 있는 시간도 지나간 것을 생각하고 있지 않은가? 내일이 더욱 나아질 것이라는 기대만큼 강력한 비타민은 없는데 말이다.

　너도나도 힘들다고 한다. 하지만 정작 내가 왜 힘든지는 모른다. 힐링의 시대라고 하니까 힐링이 필요하다면서 여기저기 여행을 가고, 누군가를 찾아 헤맨다. 하지만 누구에게나 크고 작은 상처가 있기 마련이다. 그 상처가 너무 커서 마음에 가시가 되어 정신병적인 것들이 생겨나기도 하지만, 어떤 이는 그 고통을 도구로 삼고, 트라우마를 내가 성장하는 힘으로 간주한다. 그리고 어떠한 문제를 조금 더 나은 문제로 바꿔놓을 수 있는 마음을 가졌다는 것이다. 인간은 처음을 유지하고 싶고, 평상심을 유지하고 싶은 마음이 있다. 그것은 내 옆에 있는 전문가가 해주는 것이 아니다. 의사는 내 몸의 평가자가 아니라 내 몸의 조언자일 뿐이다. 나의 몸을 가장 잘 아는 것은 의사도, 약사도 아닌 바로 나 자신이기 때문이다. 그러한 소중한 나에게 부정의 말과 긍정의 말을 사용하는 방법에 따라 내가 성장하기도 하고, 내가 작아지기도 한다.

　논어에는 이러한 좋은 말이 있다. "감사하는 마음은 다른 사람에게 보내는 감정이 아닌 자기 자신을 위한 평화이다". 누군가를 위해 감사하는 긍정의 말이 아니라 결국은 나 자신을 위한 긍정의 감사한 말을 전해보는 것은 어떨까? 말은 소리가 되어 입으로 나오는 순간 강력한 힘을 가진다.

　다음은 이해인 수녀의 「매일 우리가 하는 말은」이라는 시이다. 가슴에 새기면서 읊어볼 만하여 적어본다.

매일 우리가 하는 말은

이해인

매일 우리가 하는 말은
역겨운 냄새가 아닌
향기로운 여운을 남기게 하소서

우리의 모든 말들이
이웃의 가슴에 꽂히는
기쁨의 꽃이 되고
평화의 노래가 되어
세상이 조금씩 더 밝아지게 하소서

누구에게도 도움이 될 리 없는
험담과 헛된 소문을
실어 나르지 않는 깨끗한 마음으로
깨끗한 말을 하게 하소서

늘 상대방의 입장을 헤아리는
사랑의 마음으로
사랑의 말을 하게 하시고
남의 나쁜 점보다는

긍정적인 마음으로
긍정적인 말을 하게 하소서

매일 정성껏 물을 주어
한 포기의 난을 가꾸듯
침묵과 기도의 샘에서 길어 올린
지혜의 맑은 물로
우리의 말씨를 가다듬게 하소서

겸손의 그윽한 향기
그 안에 스며들게 하소서

독서는 최고의 친구

어린 시절에는 독서를 싫어했다. 아니 좋아할 겨를이 없었다. 수능에 출제되는 문학들만 달달 읽고 줄 치고 의미를 아래에 옮겨 적었다. 가슴으로 문학을 읽지 못했고, 필요하지 않아 독서를 하지 않았다. 하지만 지금 최고의 친구는 책이요, 최고의 멘토는 독서이다. 책을 읽다 보면 소중하고 감탄할 만한 가치관을 가지고 열심히 살아가는 사람도 만나게 되고, 힘들어했던 과정에서 묵묵히 자신의 길을 지나온 사람도 만나게 된다.

빌 게이츠는 성공할 수 있었던 이유를 이렇게 말한다.

"오늘의 나를 있게 한 것은 우리 마을 도서관이었고, 하버드 졸업장보다 소중한 것이 독서하는 습관이었다". 그래서 우린 남의 책을 많이 읽어야 한다. 남이 고생하면서 얻은 지식을 우리는 아주 쉽게 내 것으로 만들 수 있기 때문이다. 우리는 건강한 자아를 가지고 있다면 그것으로도 충분히 자기 발전을 이룰 수 있다. 책을 읽는다는 것은 우리의 미래를 만드는 일과도 같다. 그래서 프란츠 카프카는 "한 권의 책은 우리 내의 얼어붙은 바다를 깨는 도끼여야 한다."라는 말을 통해 양서의 중요성을 언급하기도 했다. 또한 독서는 비가 오나 눈이 오나 어디서나 할 수 있다. 독서 습관을 기른 사람은 노인이 되어서도 지역에 도서관에서 여름에는 시원한 에어컨 아래에서 책을 읽을 수도 있고, 추운 겨울에 따뜻한 전열기 아래에서 책을 읽을 수도 있다. 또한 독서는 누군가의 눈치를 안 봐도 된다. 집중하고 있으면 어떠한 소리도 들리지 않고, 또 그러한 소리에 반응하지 않아도 된다. 다른 사람들의 행동에 피해를 주지도 않고, 오히려 교양 있는 사람으로 비칠 수도 있다.

다산 정약용 선생님은 "머릿속에 5,000권 이상의 책의 내용이 들어 있어야 세상을 제대로 뚫어 보고 지혜롭게 판단할 수 있다."라고 언급하면서 독서의 소중함을 알리기도 했다. 그렇기 때문에 우리는 습관적으로 독서하는 것을 중요하게 생각하면서 친구를 대하듯이 소중하게 다루어야겠다.

아리스토텔레스는 "인간은 어떤 한순간의 노력으로 특정 지어지는 것이 아니라 반복되는 행동에 의하여 규정된다. 그러므로 위대한 것은 습관이다."라고 말했다. 그렇기 때문에 필자가 가장 중요하다고 생각하는 것은 나의 삶에 도움이 되는 좋은 책들을 골라 읽는 독서 습관이라 생각한다. 최근의 대한민국은 공감 능력이 떨어지는 시대라고 걱정하는 사람들이 있다. 맞는 말이다.

독서를 하지 않으면서 공감 능력이 떨어졌다. 신데렐라 책을 보면서 '신데렐라가 행복했으면 좋겠다.'라고 생각하고, 소설책을 읽으면서 주인공이 되어보기도 한다. 하지만 책을 읽지 않으니 그 사람의 마음을 읽을 수가 없다. 그리고 독서는 많은 인내심이 필요하다. 한자리에 앉아서 책을 읽어야 한다. 그래서 독서를 많이 하면 인내심도 길러진다. 그리고 독서를 하지 않고 스마트폰에 올라오는 글만 본다. 다시 말해 짧은 글에 익숙하다 보니 긴 글은 눈에 들어오지 않는다. 누가 댓글로 설명을 해줘야만 이해가 간다. 글의 요점 정리가 안 되니 내 생각이 없다. 운동을 하면 몸의 근육이 생겨 넘어져도 덜 다친다. 책을 많이 읽으면 생각이 넓어져 세상을 보는 눈이 넓어진다. 그래서 합리적이고 이성적인 판단을 할 가능성이 커진다. 그런데도 우리는 시간이 없다는 이유로 독서를 하지 않는다. 누가 읽으라고 해서 읽는 독서가 아니라 습관적으로 책과 친구가 되는 대한민국이 되기를 소원해 본다.

헨리 데이비드 소로(Henry David Thoreau, 1817년 7월 12일~1862년 5월 6일, 미국의 철학자·시인·수필가)는 "한 권의 책을 읽음으로써 자신의 삶에서 새 시대를 본 사람이 많다."라는 말을 남겼다.

책은 우리가 새로운 경험을 하지 못하는 것들을 책이라는 것을 통해 경험하게 해준다는 것에서 큰 아름다움이 있다. 또한 사를드 스공다는 "한 시간 독서로 누그러지지 않은 걱정은 별로 없다."라는 말을 통해서 마음이 좋지 않고 복잡할 때 독서를 통해 평정심을 유지하라는 명언을 남겼다.

우리가 정말 읽어야 하는 책이 있다. 그건 바로 우리 마음이다. 우리가 읽어야 할 유일한 책은 우리의 마음이다. 책을 통해 감정을 느끼고, 관계를 통해 나를 보자.

우리의 얼굴에는 몇 개의 굴이 있는가? 바로 7개의 굴이 있다. 눈 굴 2개, 코 굴 2개, 귀 굴 2개, 입 굴 1개이다. 이렇게 얼굴에 굴이 7개나 있는 이유를 아는가? 그것은 그 굴을 통해 타인을 보라는 것이다. 타인을 통해 궁극적으로 나를 보라는 것이다. 결국 독서도 나를 보기 위함이다. 교양을 쌓고 자신의 가치를 정확히 파악할 때 절대 빠트릴 수 없는 것이 바로 책 읽는 것이다. 즐길 거리, 먹을거리, 놀거리가 엄청나게 늘고 있는 시대에 책 읽는 법과 책을 읽는 습관이 없는 사람은 엄청나게 많다. 그것은 내가 성장할 수 없는 길을 잃은 것과 같다.

운동을 하는 이유는 몸을 튼튼하게 하여 내가 길을 가다 넘어지거나 다쳤을 때 내가 빨리 나을 수 있는 대비를 하기 위함이라면, 독서를 하는 이유는 내 생각의 틀을 넓혀 내가 삶을 사는 데 또 대인관계를 하는 데 도움이 되기 때문이다.

사이토 다카시의 『혼자 있는 시간의 힘』이라는 책에 이러한 글귀가 나온다. "우리는 책을 통해 시대를 초월하여 언제든 이미 세상을 떠난 사람과 대화할 수 있고 메시지를 들을 수도 있다. 이것은 기적 같은 일이다". 어른의 독서는 인간의 근본적인 고독감을 긍정적으로 받아들이기 위해 하는 레슨이라는 것이다. 혼자 있을 때 편한 친구처럼, 스승처럼 내가 그 세계에 빠져들어 가 온전히 몰입할 수 있는 최고의 친구가 바로 책이고, 독서다.

내가 어쩔 수 없이 인정해야 할 부모

내가 태어나서 바꿀 수 없는 것이 있다면 그것은 아마도 천륜으로 태어난 부모일 것이다. 내가 싫든 좋든 나의 부모님은 바꿀 수도 없을 뿐 아니라 인정하지 않을 수도 없다. 우리는 좋은 부모를 만나기도 하지만 어른이 되어보니 내 옆에 없는 부모도 있다. 내가 마음에 들지 않는 부모를 인정해야 한다는 게 어려운 사람들도 있지만 결국 나는 현재 부모님을 인정해야 한다. 그 이유인즉슨 나를 이 세상에 태어나게 해주었다는 사실만으로도 충분하기에 그렇다.

김형경 작가의 『천 개의 공감』을 보다 보면 이런 말이 나온다. "우리는 태어날 때부터 성적 욕망과 공격성, 사랑과 분노를 갖고 있다. 아기의 공격성은 엄마의 보살핌에 의해 완화되지만, 엄마가 미처 흡수하지 못한 공격성은 외부로 투사되고 그 불안감이 충분히 보살펴지지 않은 채 마음속에 남게 되면 치명적인 박해 불안으로 고착된다. 상대가 조금만 불친절해도 자신을 미워하는 것처럼 느끼고, 거리에서 부딪치는 시선도 비난처럼 받아들이고, 누군가가 웃기만 해도 자신을 비웃는다고 생각하며 상처를 받는다". 이렇듯 인간은 어린 시절부터 애착이라는 특별한 감정을 가지고 있다. 우리는 부모에 대해 느꼈던 감정이나 부모가 중요하게 생각하고 말했던 가치관 등이 알게 모르게 자신의 일부가 되어있다.

이 세상에서 우리가 바꿀 수 있는 유일한 것은 바로 우리 자신밖에 없다. 어쩌면 내가 맘에 들어 하지 않는 부모님 또한 어린 시절 그것보다 더 힘든 부모님 아래에서 경제적으로 또는 심리적으로 어려움을 견디며 살아왔을 것이다. 그분들 역시 정치·경제·사회적으로 어렵기 때문에 누군가로부터 인정받고 정서적으로 배려라는 것에 둔감하면서 살아왔을지도 모른다. 그렇지만 그러한 어려움을 잘 견뎌내 오셨고, 나름대로 책임과 의무를 다하면서 애써 오셨을 거란 것을 인정해야 한다는 것이다. 그렇게 살아올 수밖에 없었던 삶에 대한 대응 방식과 건강하고 의미 있는 삶에 대한 방어기제를 사용하지 못하고, 술로 아픔과 외로움을 달래고 인고와 억압이라는 것으로 스스로는 괜찮다 여기며 그것들을 반복하면서 살아왔을지도 모르겠다. 가정이라는 것은 본래부터 행복하고 화기애애한 것이 아니라 무수히 많고 많은 각자의 갈등을 해결하고 서로의 원함을 협상하고 서로 다른 의견을 조율하는 곳이기 때문이다. 폭력이나 이혼 등 가족의 해체는 그런 갈등 조절과 적절한 의사소통에 실패했다는 것이다. 성인이 되어서도 우울감과 불행감이라는 정서를 편안하게 느끼면서 살아가게 된다. 우울하고 불행하다고 느끼는 부모에게서 태어난 아이들은 부모의 정서를 함께 호흡하고 성장한다. 그렇기에 우리는 이런 부모가 되지 않도록 지금부터 노력해야 한다. 정신분석가 수잔 포워드가 말하는 '유독한 부모'는 다음과 같다.

> 첫째, 자녀와 병리적으로 상호 의존적인 부모
> 둘째, 부모의 의무를 다하지 않는 부모
> 셋째, 신처럼 아이를 벌주고 지배하는 부모
> 넷째, 지나치게 통제하고 간섭하는 부모
> 다섯째, 알코올 중독에 걸린 부모
> 여섯째, 언어나 신체적으로 학대하는 부모

"태어나 부모가 처음."이라는 말을 들은 적이 있다. 우리는 예전에 자식을 길러본 적도 없고 또 교육을 전문적으로 받은 적도 없다. 아이가 태어나면 필요할 때만 검색을 하거나 먼저 아이를 키워본 사람들에게 물으면서 자녀를 양육한다. 어떠한 것도 정답이 될 수 없다. 어떤 전문가는 어린 시절 아이와 재미있게 놀아주라고 한다. 어린아이들은 추억을 먹고 자라기 때문이다. 어떤 전문가는 아이들과 재미있게 놀아주지 말라고 한다. 이유인즉슨 아이들이 어린이집에 가기 싫어하기 때문이란다. 정답은 없다. 내가 아이들을 위해 어떠한 가치관을 가져야 하는지, 어떠한 것이 자녀를 위한 것인지 아이들에게 묻고 아이들의 의견을 존중하고 신뢰해야 정답이 생길 것이다.

우리는 결혼이라는 제도로 서로 의존하는 법적인 관계를 형성하고, 누군가의 아내 또는 남편의 역할과 부모라는 역할을 얻게 된다. 누구나 가족을 사랑한다. 하지만 그 사랑을 표현하는 법이나 자신의 역할을 모르는 사람이 너무 많다. 사랑이라는 것으로 지나친 훈육과 처벌을 일삼는 부모, 또는 사랑이라는 것으로 통제는 하지 않고 애정만 일방적으로 주는 부모, 권위를 내세워 부모의 권위를 중요시하는 권위적 부모 모두 잘못된 부모가 될 확률이 높다.

가족은 세상에 태어나 내가 선택하지도 않은 채 맺어진 관계이다. 그래서 서로의 장·단점을 모두 너무 잘 알고 있다. 그래서 상처를 더 많이 주기도 하는 가족들도 있다. 내가 가족을 위해 서로의 갈등을 조정하고, 욕구를 조절해야만 하는 곳이 가족이라고 한다면 가족을 영위하고 행복한 가족을 꾸려나간다는 것이 그렇게 말처럼 쉬운 일은 아닐 것이다.

노규식 박사의 『공부는 감정이다』라는 책을 보면, 빛이 사물을 통해서만 모습을 드러내듯 어머니들도 자녀를 통해서만 눈물을 흘리며 자신을 들여다볼 수 있고 한다. 자녀에게 사랑을 줄 수는 있지만, 생각은 줄 수 없다. 아이들에게도 그들의 생각이 있기 때문이다. 영재발굴단에 나오는 노규식 박사는 "초등학교 5~6학년 시기가 매우 중요하다"고 언급하면서 "동기, 인지, 심리 이 세 가지 능력이 배양되어야 사회인이 되어서도 충분히 인정받으며 자기만의 방법으로 일할 수 있게 된다"고 말한다. 부모는 자기가 이루지 못한 꿈을 아이에게 투사하는 것이 아니라 단지 아이들이 성장하면서 자신이 잘하는 것들을 찾게 하여 그것을 직업으로 삼게 하고, 좋아하는 것들을 취미로 갖게 하면서 자녀에 대한 욕심을 부리지 않는 것이 진정한 부모의 모습이다.

월스트리트 저널에서 '당신은 무엇이 성공이라고 생각하십니까?'라고 물은 적이 있다. 좋은 부모가 되는 것이라고 응답한 비율이 전체의 95%, 행복한 결혼 생활을 하는 것이라고 응답한 비율이 90%, 좋은 친구를 갖는 것이라고 응답한 비율이 83%, 권력 또는 영향력을 소유하는 것이라고 응답한 비율이 16%, 부자가 되는 것 12%, 명예를 얻는 것 8%였다. 이후 똑같은 대상자들에게 '당신은 지금 무슨 일에 가장 많은 시간을 투자하고 있습니까?'라는 질문하니 돈 버는 일이라고 응답한 비율이 95%, 권력과 영향력 있는 사람이 되는 일에 83%, 행복한 결혼 생활에 시간을 투자하고 있다는 비율이 20%, 좋은 친구 관계를 유지하는 데 시간을 쓰고 있다고 응답한 비율이 10%, 좋은 부모가 되기 위해 시간을 투자하고 있다고 응답한 비율이 7%밖에 되지 않았다.

누구나 좋은 부모가 되기를 원한다. 또한 자식을 사랑하지 않는 부모는 없을 것이다. 우리는 어떻게 부모로서 사랑을 줘야 하는지 방법적인 측면에서는 너무 협소하게 생각하고 있다. 더군다나 좋은 부모가 되고는 싶지만, 노력을 하지 않고 있다. 한 번쯤 생각해 볼 문제다.

말 잘하는 사람에게 대처하는 법

세상에는 말을 잘하고, 유창하게 자신의 마음을 잘 표현하는 사람들이 많아지고 있다. 이것은 소통할 수 있는 다양한 창구가 많아지고 있고, 누구나 마음만 먹으면 자신의 주장이나 의견을 1인 방송, 팟캐스트 등을 통해 표현할 수 있는 다양한 매체 덕분이기도 하다. 그렇기 때문에 우리 사회는 말을 잘해야 한다는 일종의 강박관념에 시달리고 있는 듯하다. 좋은 억양으로 또 좋은 발음으로 화려하고 현란한 입담을 선보이거나 인문학적 요인과 고사성어 등을 언급하면서 세련된 언어를 곁들이면 말솜씨가 정말 좋은 사람으로 대접받는다. 듣는 이의 귀를 즐겁게 하고 좋은 말만 하는 것을 말 잘하는 사람의 능력으로 간주하는 현실이다. 하지만 무작정 좋은 말만 하고 현란하게 말을 하는 것에만 몰두하다 보면 정작 말속에 담아야 하는 본질적인 것들을 놓칠 수 있다.

'의사소통'을 의미하는 단어는 커뮤니케이션의 라틴어 어원인 '커뮤니카레(Communicare)'에서 유래되었다. 이 말에는 "교환하다, 공유하다.” 등의 뜻이 담겨있다. 말은 혼자 할 수 있지만, 소통은 혼자 할 수 없다는 의미를 내포하고 있다. 내가 말을 잘하는 사람인 것도 중요하지만, 소통을 원활히 하는 사람인지 한 번쯤 생각해 봐야 한다.

대부분 말을 하는 것이 듣는 것보다 더 어렵다고 생각하기 쉽지만, 말을 듣는 것은 말을 하는 것보다 3배 정도의 노력이 필요하다. 최근에 베스트셀러가 된 이기주 작가의『말의 품격』을 보면 무심코 던진 말 한마디에 품격이 드러난다. 나만의 체취, 내가 지닌 고유한 이 향은 내가 구사하는 말에서 품어져 나온다고 했다. 내가 무심코 한 말이 상대방에게 어떻게 들리고 느끼는지가 더 중요하다는 말이다.

중국 당나라 시대의 재상 풍도의 「설시〈舌詩〉」에는 다음과 같은 말이 나온다. “입은 재앙을 부르는 문이요, 혀는 몸을 베는 칼이다”. 우리가 말을 많이 하고 유창하게 하는 것도 중요하지만, 말을 많이 할수록 실수할 경우가 많을 수 있기 때문에 꼭 필요한 말만 하고, 때와 상황에 맞는 이야기만 하는 것도 한 번쯤 생각해 봐야 할 것이다. 사람을 이롭게 하고 듣기 좋은 말은 이불솜처럼 따뜻하지만, 사람을 기분 상하게 하고 화나게 하며 언짢게 하는 말은 장미에 달린 가시처럼 날카롭다. 한마디 말의 무게는 천금과 같아서 무심코 던진 한마디 말이 사람을 다치게 한다. 그것은 칼에 베이는 아픔보다 더할 것이다.

우리 조상들은 식물도 듣는다고 느끼면서 생활하였다. 그래서 봄 절기 중의 하나인 ‘곡우’에는 정미소 문을 닫았다고 한다. 파종을 기다리고 있는 볍씨들이 발아하기 위해 민감해진 상태이기 때문에 정미소에서 쌀눈 깨지는 소리를 들으면 겁먹는다고 생각했기 때문이다. 남을 위해 아주 세세한 것까지 배려함을 배워야겠다.

　우리는 내가 좋아하는 것을 남에게 베푸는 것을 배려라고 생각한다. 육식 동물인 사자는 소에게 고기를 잡아다 주면서 사랑을 표현하고, 초식 동물인 소는 사자에게 풀을 뜯어다 주면서 사랑을 표현한다. 자기중심적 배려가 아닌, 타인이 정말 생각하는 것을 줄 수 있는 것이 배려이다. 하고 싶은 말을 속으로만 되뇌게 되면 그것은 자신을 상처 내는 칼이 되어 돌아올 수 있다. 그러나 감정을 자연스럽게 표현하고 표출할 대상이 있다면 그 감정들은 자연스럽게 해소되는 경우가 있다. 우리가 밖으로 꺼내는 말은 마음속의 불편 덩어리를 흘려보내는 역할을 해주기 때문이다.

2장

아무래도 삶이 처음이니까

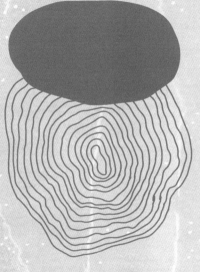

나를 키운 것에 대하여

생각에 대한 생각

사람들은 대부분 자기만의 세계관을 가지고 있다. 그 세계관이 넓고 포용적이고 수용적이라면 좋겠지만, 왜곡된 장벽으로 다른 사람들을 보곤 한다. 불신과 미움이 가득 찬 나의 장벽으로 인해서 세상은 늘 적대적이고 불합리하다고 생각한다. 그러한 것으로부터 자신을 보호하기 위해 그 장벽을 더 두껍고 더 견고하고, 더 높게 장벽을 치면서 말이다. 그러한 장벽으로 스스로를 가둔 채 더 예민해지고 더 민감해지면서 자신을 고립시키게 된다. 이러한 환경 속에서 자신의 죄책감과 그에 따른 고통과 우울, 불안 정신병적인 것들에 빠지게 된다. 그 장벽을 허물 수 있는 것은 자신의 노력이며, 스스로에 대한 믿음과 세상에 대한 신뢰이다.

심리학자들의 연구에 의하면 사람들은 좋은 사건의 사진보다 나쁜 사진을 더 오랫동안 보는 경향이 있고, 타인의 좋은 점 보다는 나쁜 점에 더 집착하며, 긍정적인 기사를 보고 언급하기보다는 부정적인 기사를 더 많이 언급하는 경향이 있다고 보고한다.

최근에 이슈가 되고 있는 '메타인지'라는 것이 있다. 메타인지는 1976년 미국의 발달 심리학자인 존 플라벨이 만든 용어로, 메타는 about의 그리스어 표현이다. 메타인지는 내가 생각하고 있는 것을 아는 것으로 정의되기도 하고, 내가 아는 것과 모르는 것을 구별하는 능력이라고도 정의된다. 가령 아침부터 저녁까지 영어 공부를 열심히 했다고 하자. 메타인지가 낮은 사람은 아침부터 저녁까지 공부한 것들을 모두 암기하고 내 것이 되었다고 생각한다. 하지만 메타인지가 높은 사람은 질문이나 암송을 통해 내가 아는 것과 안다고 착각하는 것을 구별할 수 있다는 것이다. 다시 말해 이 두 집단의 차이는 기억력 자체에 차이가 있다는 것이 아니라 자기가 얼마만큼 알고 있고 할 수 있느냐에 대한, 그것을 보는 안목이 능력의 차이라고 볼 수 있다. 그렇기 때문에 내가 현재 부정적인 생각과 좋지 못한 생각에 사로잡혀 있다면 그것을 알아차리고 그 감정에서 빠져나올 수 있어야 한다. 그래서 나와 내 감정을 불리하고, 내가 느끼는 감정은 내가 아니라 내가 느끼고 있을 뿐이라는 것을 아는 것이 중요하다는 것이다.

우리가 마음속에 좋은 생각을 품고 있다면 언제나 우리가 보는 것들이 사랑스럽게 보일 것이라고 믿는다. 이처럼 우리가 느끼는 감정도 습관이다. 지금, 이 순간을 행복하다고 느끼면서 음미하기, 작은 일에도 감사하기, 상대방에게 지나친 나의 잣대를 들이대지 말고 관대하기, 눈을 들어 대지에 핀 꽃과 자연을 바라보면서 감탄하기 등을 시도해 보라. 내 마음이 유연해지고 생각이 너그러워짐을 느낄 것이다.

요즘 우리나라에서 대화법 수업이라고 일컬어지는 교육 방법이 이슈가 되고 있다. 하브루타는 '우정' 또는 '동반자 관계'를 의미하는 아랍어 단어이다. 미슈나와 게마라의 랍비들은 함께 토라를 연구하는 사람을 가리키는 말로써 chaver(חבר, 친구 또는 동반자)를 사용한다. 현대의 사용법에서 하부르타는 "학습 파트너"로 정의된다. 정통 유대교에서 하브루타는 두 명의 학생이 하나하나를 배우는 것을 말한다. 3명 이상의 학생들이 함께 배울 때는 chavurah(히브리어: חבורה, 그룹)라고 한다.

개혁 유대교는 하브루타의 아이디어를 함께 공부하는 두 명, 세 명, 네 명 또는 다섯 명을 포함하는 것으로 확장시켰다. 또한 하브루타의 아이디어를 기존의 토라를 함께 학습하는 개념을 넘어서, 오늘날 현대의 교육 방법으로 확장하여 우리나라에서도 교육 현장에서 널리 이용하고 있는데 이것이 대표적인 메타인지를 깨우는 공부법의 대표적인 예이다.

1968년 멕시코 올림픽, 높이뛰기 경기 중 한 선수가 뛸 때마다 관중들은 입을 다물지 못했다고 한다. 미국의 딕 포스베리(Dick Fosbury)였는데, 지금까지 볼 수 없었던 새로운 높이뛰기 방식을 선보였다. 기존의 선수들이 점프하는 방식은 몸을 정면으로 바로 보며 다리를 벌리고 뛰는 가위뛰기 방식을 사용했다. 하지만 포스베리는 이 생각을 완전히 뒤바꾸어 몸을 뒤집어 머리부터 뛰어넘는 기술을 구사했는데, 포스베리는 결국 우승하였고, 이 기술은 한동안 쓰이지 않다가 10년이 지나 전문가들이 자세를 분석하고 우수성을 인정받아 오늘날에는 거의 모든 선수가 포스베리식 점프를 구사하게 되었다고 한다.

포스베리는 수많은 실험과 노력 끝에 얻어낸 결과물로 다른 사람이 생각지도 못한 고정관념의 틀을 벗어나 누구도 본 적 없는 새로운 창조물을 만들어 내었다. 이 기술은 포스베리의 이름을 따서 포스베리 점프, 혹은 배면 점프라고 불리게 되었고, 고정관념의 틀을 벗어내 새로운 것을 창조하는 소중한 교훈을 일깨워주는 사례가 되었다. 누군가가 만들어 놓은 길을 가면 안전할 수 있다. 하지만 나만이 만든 창조적인 사고와 창조적인 길을 갖게 된다면 그것 또한 내 삶에서 중요한 길이 될 것이다.

분노 에너지 사용법

"분노를 품고 사는 것은 독을 품고 사는 것과 마찬가지다". 탁닛한 스님이 남긴 말이다. [탁닛한 스님은 베트남 출신의 승려로서, 세계 4대 생불로 추앙받는 유명한 스님이다. 스스로 『법화경』을 가장 애독한다고 하며, 베트남 임제종(대승불교) 스님이다. 프랑스에서 주로 활동하며, 프랑스에 설립한 플럼 빌리지가 유명하다. 참여 불교를 대표하는 스님이다.] 중국의 시인이자 작가인 장쓰안(張世安)은 평정심을 "당신은 날씨를 마음대로 바꿀 수 없지만, 기분은 바꿀 수 있다. 당신은 외모를 바꿀 수는 없지만 스스로를 연출할 수는 있다. 당신은 항상 승리할 수 없지만 어떤 일에든 최선을 다할 수는 있다. 즐거움은 이렇게 단순하다."로 정의하고 있다.

분노조절장애는 DSM-5(정신장애의 진단 및 통계 편람)에서는 '간헐적 폭발성 장애'라는 명칭으로 등록되어 있는 정신 증상이다. 약물치료로는 삼환계 항우울제(tricyclic antidepressant), 선택적 세로토닌 재흡수 억제제(selective serotonin reuptake inhibitors) 등을 투

약한다. 그러나 질병 특성상 환자 본인이 병에 걸렸다는 병식(insight into disease)이 부족하고, 치료를 피하다가 결국 법적 처벌을 받아 수감되거나 벌금형을 받는 경우가 상당수이다.

인간의 마음을 구조적으로 파악하는 것은 간단하지가 않다. 단지 인간의 마음을 구조적으로 명료화하는 시도일 뿐이다. 인간의 마음은 상호 유기적인 관계 속에서 역동적으로 변하며 어느 한순간도 머물러 있지도 않다. 인간의 마음은 수시로 변하지만 주로 혹은 자주 머무는 자리가 있음을 알 수 있다. 인간의 고통, 불행은 모두 자신의 마음에서 비롯된다. 인간은 수시로 탐욕과 분노가 일어나고 비교심과 경쟁심 그리고 이기심이 생겨나지만, 이러한 마음의 주체가 '나(ego)'임을 발견하고 반복적인 마음 조절 훈련을 통해 참된 인성을 형성할 수 있다.

분노는 인간이 태어나면서부터 갖는 기본적인 감정이다. 인간은 자신의 욕구에 대한 욕망을 추구하려는 본능이 있는데, 욕구가 좌절되면 분노감과 같은 불쾌한 감정이 생기기도 한다. 하지만 자신의 욕구를 좌절의 원인과는 전혀 상관없는 타인에게 돌리는 것은 잘못된 분노의 표현 방식이라고 볼 수 있다. 분노가 자연스러운 인간의 감정이라는 것을 인정하면서도 우리가 반드시 알아야 할 것은, 분노는 우리의 눈을 가리고 끝도 없이 동반한다는 것이다. 분노는 우리의 생각을 편협하게 만들고 무엇을, 누구를 탓할까 궁리하게 만든다. 분노는 또한 화가 어디서부터 왔는지 알 수 없게 만들기도 한다. 따라서 우리는 부정적인 감정인 분노를 억압하기보다는 내가 어느 상황에 분노가 일어나고 누구 때문에 그러한 감정을 느끼는지 발견하는 단계가 중요하다고 본다. 일어난 분노를 다스릴 수 있는 것은 나의 감정이고, 내가 그 감정을 지그시 바라보고 그러한 감정을 바꾸는 전환 단계가 필요하다. 그 전환 단계는 용서하기와 감사하기, 내 마음 알아차리기 등의 훈련을 통해 가능하다.

간디의 5번째 손자인 아룬 간디의 『분노 수업』에 이러한 대목이 나온다. "네 마음에서 분노가 일어나는 것을 느낄 때마다 잠깐 멈춰 서서 누구 때문에 혹은 무엇 때문에 그런 감정이 일어났는지 글로 적어라. 이렇게 하는 목적은 분노의 뿌리가 무엇인지 알기 위함이란다. 분노의 근본적인 뿌리가 무엇인지 알 때 비로소 그 문제의 해결책을 찾을 수 있는 법이니까". 그러면서 "다른 모든 사람의 관점을 이해하고 인정하는 것이 관건"이라고 설명했다. 분노 일지는 분노를 마구 토해내면서 자기가 옳다고 느끼려는 방편이 아니다. 분노 일지는 갈등을 유발한 것이 무엇인지, 어떻게 하면 이 문제를 해결할 수 있을지 이해하기 위한 노력의 한 방법이 되어야 한다. 나는 나 자신에게서 떨어져 나와 다른 사람의 관점에서 바라볼 필요가 있다. 이것은 다른 사람의 견해에 무조건 승복하자는 것이 아니라 더 큰 분노와 원한으로 이어지지 않도록 해결책을 찾기 위한 일종의 기법이다. 다시 말해 분노를 선한 목적에 사용하라는 것이다. 또한 "나는 네가 분노할 줄 안다는 것이 얼마나 기쁜지 모른다. 분노는 좋은 것이란다. 사실은 나도 늘 화가 나 있거든."라고 하면서 "사람에게 분노는 자동차의 기름과 같은 것이란다. 사람은 분노를 연료로 삼아서 앞으로 나아가고 또 더 나은 인간이 되지. 그런데 만일 사람들에게 분노가 없다면 어떻게 될까? 어떤 일에 도전하고 싶은 의지도 생기지 않을 거야. 분노는 무엇이 정당하고 무엇이 정당하지 않은지 딱딱 선을 긋고 정의를 내리도록 우리의 등을 떠미는 연료란다."라고 설명한다.

이렇듯 분노는 우리가 느끼는 다양한 1차적인 감정 뒤에 숨어있는 감정이다. "대한민국 사람들은 화가 많다."라는 말이 있다. 이 말은 아마도 우리나라 민족이 감정을 억제하고 부정적인 마음을 표출하기보다는 많이 억압하면서 살기 때문이 아니었을까? 긍정적인 감정이든 부정적인 감정이든 표출해야 거기에 건강한 마음과 감정이 생긴다. 흔히 우리는 부정적인 감정을 풍선에 비유한다. 부정적인 감정은 참는다고 없어지는 것이 아니라 풍선처럼 부풀어 올라 터질 때를 찾는다. 그 풍선이 터지는 곳은 안타깝게도 내가 생각하기에 만만하고 편한 상대인 경우가 많다. 만만하고 편한 상대가 누구겠는가? 아무래도 내가 친하다고 생각하는 장소가 바로 가정이고, 또 친하다고 생각하는 대상이 가족이기 쉽다. 또한 그 풍선은 어디로 터질지 모른다는 것이 가장 큰 문제이다. 여러분은 다음 사건을 기억하는가? 2017년 3월 29일 인천 초등학생 살인 사건 김 모 양, 2017년 6월 13일 연세대학교 텀블러 폭탄 사건, 2017년 6월 14일 경기도 양산 밧줄 절단 사건, 2017년 6월 16일 충주 인터넷 속도가 느리다는 이유로 기사 살해 사건, 2017년 6월 27일 대전 여교사 수업 중 집단 자위행위, 2017년 9월 1일 부산 여중생 폭행 사건 등이다. 이 사건의 공통점이 바로 해결되지 못한 나의 부정적인 감정들이 분노라는 것으로 터져버린 사건으로 본다. 풍선이 터져버린 것이다. 개인의 책임도 간과할 순 없지만, 사회의 책임 또한 크다.

2015년 통계연보에 따르면 상해나 폭행 등 폭력 범죄 37만여 건 중 40%에 달하는 범죄의 동기가 우발적이거나 현실에 대한 불만 때문이라고 한다. 내가 왜 화가 나는지, 내 안에 왜 악마가 살게 되었는지 우리는 한 번쯤 생각해 봐야 하고, 주변에 그러한 사람들이 없진 않은지 살펴 도움을 줘야 한다. 성경 잠언 22:44~25에도 이런 말이 나온다. "분노를 품는 자와 사귀지 말며, 울분한 자와 동행하지 말지니 그의 행위를 본받아 네 영혼을 올무에 빠트릴까 두려움이니라". 분노를 가지고 있는 사람은 자신의 뜨거워진 기운을 누르면서 살아야 하므로 항상 기운이 빠지고 힘이 없다. 우리 몸은 신경전달 물질로 되어있기 때문에 전염된다. 그래서 충전이 되어있는 사람 옆에 있으면 내 몸이 충전되고, 방전이 되어있는 사람 옆에 있으면 내 몸도 방전되는 이유다.

누구든지 화를 낼 수 있다. 그것은 쉬운 일이다. 그러나 올바른 대상에게, 올바른 정도로, 올바른 시간에, 올바른 목적으로, 올바른 방식으로 화를 내는 것은 쉬운 일이 아니다.

인터넷·스마트폰에서 탈출하기

　　2018년 2월 5일 기준에 따르면 대한민국 성인 기준 스마트폰 보급률이 91%에 달하며, 이것은 전 세계에서 세계 4위에 달하는 순위라고 한다. 이제는 어린 청소년들의 손에도 스마트폰이 쥐어져 있으며, 언제 어디서나 검색이 가능하고 컴퓨터처럼 몇 번의 터치로 소통하고 정보를 얻을 수 있게 되었다. "정보의 홍수"라는 말은 이제 예사말이 되었으며, 우리를 위협하는 것은 SNS와 단순히 시간을 죽이는 게임이다.

　인터넷, 스마트폰이 다양한 긍정적인 요소들도 있지만, 부정적인 요인들을 생각해 봐야 한다. 필자는 이것을 '끓는 물 속에 개구리'에 비유하는 것을 좋아한다. 뜨거운 물 속에 개구리를 넣으면 개구리는 살아남기 위해 재빨리 튀어 올라 도망치려 한다. 하지만 차가운 물에 불을 켜 개구리를 넣으면 개구리는 변온동물이기 때문에 높아지는 온도에 자신의 온도를 조절하지만 결국은 죽게 되는 것이다. 인터넷과 스마트폰이 있으면 우리의 생활은 물론 스마트해진다. 하지만 이러한 스마트한 생활 이면에는 우리가 희생해야 하고 없애야 하는 것들이 너무 많다. 가장 안타까운 것은 시간이다. 어쩌면 시간을 가장 효율적으로 써야 하는 젊은이들은 단순히 손가락 하나로 세상을 보면서 마치 모든 것을 보는 것처럼 느낀다. 또한 내가 생각하면 생각날 것도 스마트폰 기계에만 의존하면서 나의 몸은 사용하지 않게 된다는 것이다. 일본의 뇌신경 과학자인 모리 아키오가 쓴『게임 뇌의 공포』에서 보면 한 아이가 장수풍뎅이를 기르고 있었다. 그러던 어느 날 갑자기 장수풍뎅이가 죽었다. 이를 본 엄마 아빠가 슬퍼하자 아이는 "아빠, 건전지만 갈아 끼우면 되는 걸 갖고 뭘 그러세요."라며 사뭇 진지하게 말하더란다. 게임에 중독된 요즘 아이들의 뇌에 이변이 생기고 있다며 예시한 이야기 중 하나다.

뇌 전문가인 저자는 어려서부터 변변한 운동 한 번 안 하고 컴퓨터 게임에만 몰두하는 아이들의 뇌가 과연 건강하게 발육하고 있을까 하는 궁금증에서 연구를 시작했다. 효율적인 연구를 위해 ㈜파낙토스에서 개발한 뉴로하모니S를 이용했다. 그 결론은 충격적이다. 장기간 게임을 해온 어린이의 뇌파가 중증 치매 환자의 뇌파와 흡사하다는 것을 발견한 것이다. 우리가 흔히 말하는 디지털 치매라는 현상이다. 게임의 템포가 너무 빨라 시각으로 정보를 받아들이고 사고가 개입될 여지가 없이 기계적인 손동작을 하게 된다는 것이다. 저자는 사고기능을 가진 전두엽 전두피질의 기능이 저하되면 자제력이 상실되고 폭력적으로 변하게 된다는 점을 상기시킨다. 기억력과 집중력이 감퇴하고, 자율신경계 실조증, 체력 저하, 가상과 현실의 혼동 등 병적 현상이 나타난다는 것이다.

『한국경제』에 실린 일간지 "게임 중독에 쪼그라든 뇌. '툭' 하면 '욱'하게 만든다."라는 제목의 글을 인용한다. 인터넷 중독은 250만 명에 육박하고, 사용하는 뇌 부위가 다르다. 마약 중독 상태와 비슷하다. 게임 중독에 빠진 뇌와 코카인 중독에 빠진 뇌 사진을 비교해 보면 게임 중독은 코카인과 같은 마약 중독일 때와 같은 상태로 의사결정과 충돌조절에 관여하는 안와전두피질에 이상을 보인다는 것이다. 또 가운데 전두엽 기능에도 이상이 생겨서 공격성과 감정 조절기능이 약화돼 폭력에 둔감해져 폭력적인 성향이 강해진다고 한다. 만족을 느끼는 '도파민'이 계속 분비되면서 가상과 현실의 구분을 못 해 다양한 문제가 야기될 수 있다는 것이다. 이뿐만이 아니라 시각중추에도 이상이 생겨 뇌 시각 처리 영역만 발달해 빠른 화면 전환에 적응하다 보니 일상생활에서 ADHD(주의력결핍 과잉행동장애)가 유발될 수 있다.

사무실에서 근무하는 근로자들은 하루 대부분을 컴퓨터 앞에서 시간을 보낸다. 하지만 이를 중독으로 보지는 않는다. 컴퓨터를 이용해 작업하는 직업을 가진 이들은 정해진 시간과 규율에 맞춰 인터넷을 사용하지만, 게임과 도박 등에 중독된 사람들은 일상을 파괴하면서 이에 몰두하기 때문에 사용하는 뇌 부위가 다르다는 것이다. 다시 말해 중독에 걸린 사람들은 목적과 계획에 맞게 사용하는 것이 아니라 무분별하게 거기에 의존하여 사용하게 되며, 조절하려 해도 실패한다. 그리고 현실적인 문제가 생겨 일상생활이 되지 않는다는 것이다. 전문가들은 인터넷(게임·도박) 중독은 개인의 의지 문제가 아니라 전문적인 치료를 받아야 하는 뇌 질환으로 받아들여야 한다고 강조하고 있다.

여러분들은 팝콘 브레인이라는 것을 알고 있는가? 미국의 공공과학 도서관 온라인 학술지 『PLos one』이 성인 대상 실험에서 "스마트 기기에 지나치게 중독되면 '팝콘 브레인'으로 뇌 구조가 바뀐다."라는 연구 결과를 발표하였다. 이후 미국 방송 CNN에서 최초로 '팝콘 브레인' 용어를 보도하면서 스마트폰과 태블릿 PC 등을 활용한 멀티태스킹에 익숙해지면 뇌의 생각 중추인 회백질의 크기가 줄어든다는 연구 결과가 나왔다. 이러한 현상으로 전자기기에 인간이 점차 예속화된 후부터 인간관계는 점점 소원해지면서 집 안에 처박혀 외출을 거부하는 은둔형 외톨이인 '히키코모리족', '코쿤족' 등이 등장하게 되었다. 전문가들은 인터넷 이용 강국인 우리나라의 유치원생 컴퓨터 사용률은 이미 50%를 넘어섰고, 교육 목적상의 이용 연령층이 더욱 낮아지고 있는 상황으로 '팝콘 브레인' 위험에 빠질 수 있다고 경고하였다. 2025년까지 모든 초등학교 교과서를 태블릿 PC로 교체하겠다는 계획 발표 등 최첨단 정보화 기기들로 교육 환경을 구성하고 있어 다양한 문제들이 우려되고 있다.

스마트한 기계들의 등장은 분명 우리 생활을 윤택하게 해주고 있는 것은 사실이다. 하지만 6세 이하 영·유아들이 지나치게 시각과 청각이 자극되는 동영상과 게임에 노출되어 있고, 청소년들 또한 다양한 컴퓨터 게임과 놀이에 지나치게 몰입하게 됨으로써 우리의 뇌와 여가 생활에 문제가 되고 있는 것이다. 스마트하게 사용하는 것이 무엇보다 중요한 요소이다.

SMART한 기계를 스마트하게 사용하기 위해서 우리는 무엇을 해야 하는지 한번 생각해 봐야 할 시기가 왔다. 최근 미국의 최고의 패스트

푸드 식당으로 링크되었던 '칙필레'라는 식당에서는 손님이 음식을 주문하면 작은 상자에 휴대전화를 넣게 한다고 한다. 식사를 마칠 때까지 꺼내지 않으면 아이스크림을 무료로 준다. 함께하는 사람이나 음식에 집중하는 의미다. 우리나라에서도 식당에 가면 가족끼리도 연인끼리도 각자의 스마트폰에 집중하는 곳에서 사용해 봄 직하다.

TV나 인터넷을 켜면 세상의 온갖 잘난 사람들이 나온다. 돈도 많고, 똑똑하고, 외모가 연예인처럼 출중하고 언변에 능숙한 사람들을 많이 보게 된다. 사람들이 옳고 그른 것을 판단할 수 있는 의식이 자라기 전에 다양한 미디어에 노출된 우리는 어린 시절부터 너무 잘난 사람들이 세상에 넘쳐난다는 것을 의식적이든 무의식적이든 알게 되면서 살아간다는 것이다. 누가 뭐라고 하지 않았는데도 스스로 나보다 잘나고 우월한 사람과 비교하면서 비교의 삶이 시작된다.

최근 상담을 하면서 어느 한 학생이 '휴거'라는 말을 쓰는 것을 듣고 충격에 빠졌다. 바로 '휴먼시아에 사는 거지'라는 말이다. 과연 이 말이 누구의 입에서 나왔으며, 어떤 가치관이 합리적인가 생각해 보게 된다. 물론 인터넷, 스마트 기기들이 부정적인 역할을 하는 것만은 아니다. 백과사전 정의에 따르면 농사 기술에 정보통신기술(ICT)을 접목하여 만들어진 지능화된 농장을 운영하는 것을 일컬어 스마트 팜이라고 하는 것은 사물 인터넷(IoT: Internet of Things) 기술을 이용하여 농작물 재배 시설의 온도·습도·햇빛양·이산화탄소·토양 등을 측정 분석하고, 분석 결과에 따라서 제어 장치 스마트 기기를 구동하여 적절한 상태로 변화시킨다. 그리고 스마트폰과 같은 모바일 기기를 통해 원거리에서 관리도 가능하며, 스마트 팜으로 농업의 생산·유통·소비 과정에 걸쳐 생산성과 효율성 및 품질 향상 등과 같은 고부가가치를 창출시킬 수 있다. 또한 의료계에서도 왓슨이라는 기계를 도입해 심뇌혈관 질환, 심장 질환, 유방암, 전립선암, 치매, 뇌전증, 소아 희귀 난치성 유전 질환 등을 AI 기반 정밀의료 기계를 바탕으로 정확하게 진단하는 기술이 선보이고 있다. 스마트폰과 같은 첨단 기기의 편리한 휴대성과 대중화는 사람들에게 즐거운 놀이문화와 새로운 여가 문화, 다양한 분야에서 중요한 도구로 사용도 많이 되고 있다.

스마트폰과 같은 첨단 기기가 소통과 정보의 즉각적인 만족감을 줌으로써 편리함을 가져다준 것은 사실이지만, 반대로 적절한 욕구의 좌절을 경험하고, 자신을 스스로 제어하고 통제하는 능력을 빼앗아 갔다. 현대 사회를 살아가는 중요한 요인이 바로 사회적인 관계를 맺고, 옆에 있는 사람과 소통하는 능력일 터인데, 그러한 것들을 가르치고 교육하는 것은 고지식한 발상이라고 치부해 버리고 교육하지 않는 현실 속에서 젊은이들은 어디에서 그러한 것들을 배우고 익혀야 할 것인지 의문이 든다.

구글은 최고의 팀을 꾸리는 방법을 연구했다. 똑똑하거나 성격이 비슷한 사람끼리 모아놓아도 성과는 크게 차이가 없었다. 관건은 바로 팀의 구성원이 아닌 그 팀만의 문화였다. 그 문화는 실수가 용인되고, 각자의 도전을 인정하고, 할 말은 하며, 다양한 견해를 가진 사람들이 소통하고 나눌 때 성과가 좋았다는 것이다. 결국 인간은 혼자서는 살아갈 수 없다. 그러한 것들은 결코 책을 통해서만 배울 수 없다. 사람과 부딪치고 나랑 다른 가치관을 가진 사람의 의견과 서로 충돌하고 또 공유하고 하는 과정에서 익힐 수 있는 것이다. 당장 스마트 기기에서 나와 소통해야 하는 이유다.

　5G가 개통된 현재는 스마트한 시대라고 말한다. 스마트폰 가입 5천만 국가 시대다. 초고속 인터넷으로 연결된 시대 속에 지나친 정보의 홍수와 지나친 지식의 홍수 속에서 우리는 허우적거리고 있다. 우리는 누군가와 이어질 권리도 있지만, 단절될 권리도 있다. 지나치게 친밀감을 중시하는 우리나라 특성상 중요한 문제이다. 식당에 가서도 우리는 이모, 고모, 삼촌을 찾는다. 가족처럼 이어져 있다는 것을 당연시한다. 지나친 넘침과 지나친 부족함이 공존하는 시대 중간이 점점 없어지고 있다. 그 중간이 필요하다. 엄청난 속도를 자랑하는 디지털 시대에서 어쩌면 중요한 건 아날로그 감성인지도 모른다. 지나친 넘침 속에 오히려 주목받는 것은 약간의 부족함이요, 약간에 겸손함 일지 모른다. 넘치는 것에는 만족이 없다. 넘치기 때문에 당연하다고 생각한다. 그 넘침은 존중도 없고 감사도 없고 존경도 없다. 결핍은 고마움을 느끼게 한다. 그리고 감사함을 느끼게도 한다.

경제관념과 돈의 개념 이해

　　우리는 초등학교, 아니 어쩌면 더 어린 나이부터 다양한 지식을 머리에 쌓기 위해 노력한다. 어릴 때는 어린이집에 다니고 초등학교 6년, 중학교 3년, 고등학교 3년, 대학교 4년 또 필자는 석사과정 2년, 박사과정 2년을 공부하였다. 총 20년 넘게 공부를 하고 지식을 쌓으며 살아왔다. 하지만 지금 생각해 보면 그 어느 누가 돈을 어떻게 벌어야 하고 얼마 정도를 예금해야 하며, 또 돈을 벌지 못할 때는 어떻게 소비를 해야 하는지 알려준 사람은 없었다. 단지 내가 인터넷을 통해, 다양한 책을 통해 안 내용이 전부이다. 어쩌면 가장 중요한 것이 아닐까 싶다. 어떠한 가치관을 가지고 돈에 대한 개념을 명확하게 하지 않으면 돈의 노예가 될 수도 있기 때문이다.

　　로버트 기요사키의 『부자 아빠 가난한 아빠』 책은 그나마 돈에 대한 가치관을 이해하게 하고, 어떠한 태도로 돈을 이해해야 하는지 알려주고 있다. "가난한 이들과 중산층은 너무나도 자주 돈의 지배를 받는다. 이들은 아침에 일어나 열심히 일하면서 자신이 하는 일에 의미가 있는지 자문하지 않는다. 일터로 나갈 때마다 자기 발에 대고 총을 쏘고 있는 것이다", "내가 없어도 되는 사업. 소유자는 나지만 관리나 운영은 다른 사람들이 하고 있다. 내가 직접 거기서 일을 해야 한다면 그것은 사업이 아니라 내 직업이다". 여기서 나오는 부자 아빠가 완전한 가치관을 선사해 주진 않지만 배워야 할 점이 많다고 생각한다. 더 이상 고속성장이 이루어지고 있지 않은 현실에서 돈에 대한 올바른 정립이 우리의 방향을 흐트러트리지 않을 것이다.

부자는 다음과 같은 특징이 있다.

첫째, 부자는 절대 돈을 위해 일하지 않는다.
둘째, 왜 부자들은 자녀에게 돈에 관한 지식을 가르칠까?
셋째, 부자들은 남을 위해 일하지 않고, 자신을 위해 사업을 한다.
넷째, 부자들은 세금의 원리와 기업의 힘을 안다.
다섯째, 부자들은 돈을 만든다.
여섯째, 부자들은 돈을 위해 일하지 않고, 배움을 위해 일한다.

물론 우리 현실에 맞지 않을 수도 있고, 개인적인 사업을 하지 않는 사람에게는 해당되지 않을 수 있다. 여기서 무엇보다 중요한 것은 자신이 생각하는 돈의 가치이다. 돈을 쫓아가자는 말이 아니다. 돈은 무엇보다 중요한 요소이다. 돈이 궁극적인 목적이 되어서는 안 되지만 평균 수명이 늘어나고, 경제성장이 둔화된 이 시점에 어떻게 돈에 대한 가치를 부여하고 어떻게 생활해야 하는지를 다시 한번 생각해 봐야 한다.

"재산이 많은 사람이 자신의 재산을 자랑하는 사람이 있더라도 그 돈을 어떻게 쓰는지 알 수 있을 때까지는 그를 칭찬하지 말아라."라는 소크라테스 명언은 우리가 돈을 어떻게 써야 하는지는 알려준다. 유명한 배우 찰리 채플린이 해준 말이 어쩌면 진실이지 않을까? "나는 돈을 벌기 위해 사업을 시작했고, 거기서 예술이 나왔다. 사람들이 이 말에 환멸을 느껴도 어쩔 수 없다. 그게 진실이니까". 공감되면서도 어쩌면 현대 사회에서 중요한 것은 돈이 목적이 아닌 내가 좋아하고 잘하는 일을 즐기고 최선을 다하는 것이 아닐까? 최선을 다한다면 경제적인 이익도 따라오게 될 것이다.

우리는 우리의 인생을 어떻게 느끼느냐가 중요하다. 내가 싫은 것만 보려고 하면 싫은 것만 보이고, 내가 좋은 것만 보려 하면 좋은 것들만 보인다. 하지만 지나치게 현실에 만족하는 삶보다는 무엇인가를 성취하려고 노력하는 삶이 더 낫다. 결국 인생은 소유의 문제가 아니라, 인생을 어떻게 바라보느냐 하는 지혜의 문제이다. 에리히 프롬의 책인 『소유냐 존재냐』라는 책을 읽어보았는가? 우리가 돈을 많이 버는 것이 우리가 소유하려는 물건이나 건물, 자동차 등의 욕구가 아니라 우리는 다양한 경험을 하기 위해서 돈을 벌어야 한다고 나와 있다. 우리가 현재 소유하고 있는 다양한 물건들은 시간이 지나면 우리에게 크나큰 기쁨을 주지 않는다. 물론 기쁨을 주는 것들도 한두 가지는 있을 것이다. 우리가 돈을 버는 궁극적인 이유는 가족 또는 소중한 사람들과 여행을 가고 추억을 만들기 위함이 되어야 한다. 자녀들에게 또는 후대들에게 돈을 왜 벌어야 하는지를 잘 설명하고 가르쳐야 한다.

인생은 한 권의 책이다

산다는 것은 하루하루 책을 쓰는 것과 같다. 어떤 날은 즐겁게 책을 쓰는 날이 있는가 하면 어떤 날은 안 좋은 기분으로 책을 쓰면서 하루하루를 써 내려간다. 나는 어떠한 책을 만들면서 살고 있는가? 그 책이 유명한 베스트셀러가 될지, 아니면 하찮은 책이 될지는 우리가 하루하루를 어떻게 살고 있느냐에 따라 결정되는 것이다.

다양한 곳에서 강의를 하고 상담을 하면서 개인의 자기소개를 듣고 또 인생 곡선을 듣는 경우가 생긴다. 한분 한분의 모든 이야기가 정말 책에서나 나올법한 이야기도 있고, 평범한 삶을 살았다면서 시작하는 이야기지만 어느 하나 놓칠 수 없는 이야기로 가득 찬 경우도 많다. 내 인생의 책을 써나간다는 기분으로 삶을 살아가면 어떨까? 맑은 날이 있으면 흐린 날이 있는 것이 당연하다. 재미있고 흥미진진한 책은 평범한 이야기만 있는 것이 아니라, 나만이 경험할 수 있는 이야기가 있다. 또 넘어진 날이 있으며, 아프고 힘든 날이 있어야 책이 감동이 있고 읽을 만한 가치가 있는 책이 되지 않을까?

인생을 흔히 여행이라고 비유하는 사람들이 많다. 이 우주에 여행을 온 사람처럼 생각하고 하루하루 경험해야 한다고 말이다. 우리는 흔히 안 좋은 일이 생기면 나에게만 이러한 시련이 왔다고 불평하면서 살고 있진 않은가? 어차피 인생은 내가 결정하고 거기에 내 마음을 맞추며 살아가는 것이다. 내가 받아들일 수 있을 만큼만 받아들이고, 나머지 는 물 흐르듯 그렇게 흘려보내는 것도 괜찮은 생각이 아닌가? 그래서 필자는 연꽃을 좋아한다. 연잎에 물방울이 맺혀 물이 고인다. 그 고인 물이 가득 차면 연잎은 그 물을 고이 흘려보내 주면서 자신을 비운다. 연꽃은 다른 꽃들이 피지 못하는 진흙 속에서 피어오른다. 고난과 고 통을 마치 이겨내면서 피려는 듯 그렇게 묵묵히 핀다. 그래서 연꽃은 향기롭다.

그리고 연꽃은 뿌리부터 꽃까지 버릴 게 없다. 모두 쓸모가 있다. 이 것이 마치 사람의 삶과 닮아있다. 인간은 모두 어딘가에 쓸모가 있게 태어난다. 하지만 우리는 그것을 모르고 방황도 하고 갈등도 하면서 그 자리를 찾아간다. 마치 첫 직장을 구하고 설렘에 일을 하지만 그 속 에서 좌절하고 힘들어하면서 또 다른 일을 찾고 가정에서도 다양한 갈 등을 경험하면서 서로의 이해를 조정하고 해결해 가는 것처럼.

가족 상담을 하면서 느낀 것은 모든 사람이 다 힘들게 하루하루를 살아간다는 점이다. 그 과정에서 자신을 발견하고 소중한 것들과 사랑 을 발견한다. 그 힘듦을 이겨내면서 살아온 사람들의 과거사를 들어보 면 책 몇 권이 나올 법하다. 모두 이유가 있고 또 거기에는 역사가 있 다. 자식 3명을 뒷바라지하고 자신은 이제 죽어도 여한이 없다는 한

할머니의 이야기는 가슴을 울린다. 자신이 먹고 싶은 것, 하고 싶은 것조차 이제 기억나지 않는다는 그 이야기 역시 역사고, 또 중요한 스토리다. 사람들에게 인생 곡선이라는 것들로 자신의 내면에 있는 속마음을 이야기하게 한다. 자신이 살아온 시간을 가로축으로 하고 위에는 나에게 긍정적인 일, 아래쪽은 부정적인 일들을 적게 하고 발표하게 한다. 그 어느 하나 부정적인 일만 있었던 사람도 없거니와 어느 하나 좋았던 일만 있었던 사람은 없다는 것이다. 그래프가 위와 아래를 올라갔다 내려갔다 하면서 삶의 그래프들이 그려진다.

　모두가 소중하고, 모든 추억이 역사적인 사건들이다. 그 과정을 지나왔기 때문에 현재의 내가 있는 것이다. 소통 강사 김창옥 강사의 말이 생각난다. "그래 여기까지 잘 왔다". 우리 모두 여기까지 잘 오느라 수고가 많았다. 그러니 이제는 꽃길만 걷자. 그리고 우리는 그럴만한 자격이 있다. 이렇게 말하고 싶다. 여러분들도 모두 꽃길만 걸으시기를.

사람에게도 냄새가 난다

　　사람에게도 다양한 냄새가 난다. 내가 말하는 냄새는 인종에 따른 다양한 냄새를 말하는 것이 아니다. 비린내가 나는 사람이 있다. 자기의 이익만을 추구하고, 자신에게 이익을 주지 않을 것 같으면 과감히 사람을 멀리하면서 갑자기 험담하면서 사람을 이간질하는 것을 좋아한다. 또 어떤 사람은 그윽한 비누 냄새가 난다. 톡 쏘는 코를 찌를 듯한 냄새가 아니라 곁에 있으면 그윽한 냄새가 나서 자꾸 향기를 맡고 싶은 사람 냄새다. 하는 말 한마디 한마디가 따뜻하고 좋다. 또 어떤 사람은 아무 냄새도 나지 않으려고 노력한다. 얼굴에 모든 감정을 숨기고 무미건조한 냄새가 가장 좋다며 아무 말도 하지 않고 아무 냄새도 풍기지 않으려고 노력한다. 비린내 나는 사람은 처음부터 비린내가 나지는 않았을 것이다. 내가 비린내 나는 사람 곁에 있다 보니 나도 모르게 그렇게 변해버렸을 수도 있을 것이고, 내가 살아가기 위해 비린내를 내야만 하는 경우도 있었을 것이다. 중요한 것은 내가 그런 냄새를 풍기고 있다고 느끼지 못한다는 것이다. 그러한 냄새 속에 있는 사람은 정작 중요한 내 냄새를 맡지 못한다. 내가 어떤 냄새를 풍기는지 알기 위해서는 다른 사람들 속에서만 그것을 알 수 있다. 사람의 관계는 나무와 같다. 나무에 병이 오면 어느 순간 전체로 퍼져 나간다. 그래서 그 주변을 병의 구렁텅이로 몰고 간다. 사람도 마찬가지다. 우울한 사람은 주변을 우울하게 한다. 항상 불만이 많은 사람은 주변 사람들도 불만스럽게 닮아 간다. 다시 생각해 보면 행복은 전염된다. 사람의 몸은 신경전달물질로 되어있다고 한다. 내가 행복하면 주변도 행복하게 만든다는 것이다.

우리는 모두 사람 관계 속에서 살아가고 있지만 결국은 혼자 남게 되어있다. 남편, 아내, 부모님, 자식, 친구 물론 모두 다 중요하고 중요한 관계이면서 좋은 냄새가 나도록 노력해야 한다. 하지만 우리는 나 스스로 자신의 가치를 유지할 수 있을 때만 주변 사람들과 좋은 관계를 유지할 수 있다. 인간은 절대 스스로 자라지 않는다. 우리가 사람들과 함께 보낸 시간들, 아프고 힘듦을 나눈 시간들, 누군가의 아픔과 고통을 들어준 시간들, 누군가의 기쁨과 행복을 함께 나눈 시간들이 모여 그 시간만큼 자라고 냄새도 난다. 다른 사람을 돕는 데 인색하고 쳐다보지도 않는 사람이 도움을 요청한다면 그 사람을 돕는 사람은 몇 명이나 될까? 그 상황은 또 누가 만드는 것이고, 나는 어떠한 사람으로 어떤 냄새를 풍기는 사람이 될까? 시간이 지나갈수록 정으로 뭉친 관계보다는 이해관계로 사람 관계가 형성되고 진정한 인간의 끝으로 맺어지는 관계가 많이 소원해지고 있는 것 같다.

디지털 기계의 발명으로 쉽게 누군가에게 연락을 주고받는 것이 쉬워졌고, 또 알게 모르게 다양한 관계 속에서 나의 흔적이 사라지기도 한다. 어쩌면 이러한 시대에 우리가 듣고 싶은 말은 디지털 기계음이 아닌 아날로그 언어로 '밥은 먹었어?', '요즘 하는 일은 어때?' 이러한 사소한 질문과 육성이 아닐까 생각하면서 한 번의 디지털 연락보다는 직접 만나고 음성을 나누는 따뜻하고 은은한 비누 냄새가 나는 사람이 되고 싶어진다. 나이를 먹을수록 말이다. 고등학교 시절 '삐삐'라는 걸 가지고 다닐 때가 있었다. 누군가로부터 음성 메시지가 도착하면 공중전화로 뛰어와 누군가의 음성 메시지를 듣고 또 듣고 행복해하기도 하고 또 마음 아파하기도 했던 기억이다.

초등학교를 졸업하고 중학교, 고등학교를 졸업하고 나면 이해관계에 따라 맺어지는 사람 관계가 많아지기 때문에 좋은 사람 냄새 나는 인연을 만들어가는 것이 쉽지만은 않다고 생각한다. "달면 삼키고 쓰면 뱉는다."라는 말이 있듯이, 우리는 나에게 무언가를 도와줄 사람과 인간관계를 맺으려 한다. 여기서 중요한 사실은 '왜 내 주변엔 내가 도움받을 만한 사람이 없을까?'라고 생각하기보다 내가 누군가에게 도움을 줄 수 있는 그 무언가가 있는지 한번 생각해 봐야 할 것이다. 좋은 관계, 좋은 사람 냄새가 나는 사람들이 내 옆에 많다는 것은 험하고 위험한 세상을 살아가는 데 분명 큰 위안이 된다. 우리 인간관계도 한 번 맺어지면 영원히 계속 가지 않는다. 직장이 바뀌고, 사는 곳이 달라지면 당연히 처음 맺었던 인간관계가 오래 지속되기 힘들어지는 것은 자연의 순리인 듯하다. 세상 모든 것들이 변화하기도 하고 달라지기도 한다. 한 번 맺은 인연이 영원히 가지 않는다고 푸념하거나 그 사람을 비하해서도 안 될 일이다.

상처 주는 사람은 없는데
상처받는 일이 많다면

　　세상은 수많은 갈등 관계와 이해관계, 그리고 어렵고 힘든 갈등을 조절하고 해결해야 하는 상황에 놓여있다. 심지어 가족도 처음부터 평범하고 행복한 관계는 아니라는 것이다. 가족은 부부간의 이해관계, 가치관의 문제, 그리고 부모와 자녀 간의 수직적 관계와 수평적 관계, 나의 부모와 배우자의 부모에 대한 관계 등 다양한 관계를 맺고 살아가고 있다. 하지만 우리는 여기에서 갈등을 해결하고 행복한 관계를 추구하고 삶을 살아가고는 있지만 반대로 서로 상처를 주는 힘든 관계를 경험하기도 한다. 우리는 이러한 관계에서 자유로워질 수 없다. 우리는 누군가가 나에게 스트레스 주는 것을 누군가로부터 스트레스 받는다고 이야기하곤 한다. 은밀히 말해서 우리는 스트레스를 받는 것이 아니라 내가 스트레스를 선택하는 것이다. 다시 말해 누군가가 나에게 '너 머리가 왜 이래?'라고 이야기하는 것은 머리가 헝클어져 있으니 정돈하라는 말인데 우리는 '저 사람이 나를 싫어하는구나.'라고 착각하면서 그 사람을 싫어한다. 즉 상처 주는 사람은 없는데 상처받는 사람들이 있다는 것이다.

『탈무드』에 유대인 어머니들이 딸이 시집갈 때 당부하던 말이 있다. "남편을 왕같이 받들어 모셔라. 그러면 너도 왕비 대접을 받을 것이다. 남편을 깔보고 함부로 대한다면 너도 하녀 취급을 받을 것이다." 부부들이 이혼하면서 자주 하는 말은 '성격이 달라서'이다. 하지만 정말 성격이 달라서일까? 그것은 아니다. 신은 남자의 머리로 여자를 만들지 않으셨다. 남자를 지배해서는 안 되기 때문이다. 신은 남자의 발로 여자를 만들지는 않으셨다. 여자를 무시하면 안 되기 때문이다. 신은 남자의 갈비뼈로 여자를 만드셨다. 갈비뼈로 여자를 만든 이유는 항상 남자의 가슴 곁에 두라는 의미였다.

프로이트는 "작은 차이가 큰 차이보다 더 큰 적의의 분노를 야기한다."라고 하였다. 나랑 같은 집에서 살기 때문에 나랑 비슷해야 한다고 믿는 것이다. 특히 닮은 부분이 많은 남성과 여성의 갈등은 상대방도 나와 같을 것이라는 거울 생각의 모순에서 시작된다. 내가 생각하고 행동하는 것을 똑같이 상대방도 생각하고 행동해야 한다는 믿음과 신념이 깨졌을 때, 견딜 수 없는 실망감과 내 마음이 이해받지 못했다는 서운함과 소외감이 생기기 때문이다. 온전히 그 사람을 받아줄 수 있는 노력이 필요하겠다.

다른 예로 내가 좋아하는 사람에게 책을 선물한다. 하지만 책을 받은 사람은 평소에 종이책을 읽지 않고, 요즘 트렌드인 E-Book을 즐겨 읽는다. 그래서 책을 받는 사람이 '요즘 누가 책을 읽어? 스마트폰이 있는데.'라고 한다면 선물로 준 책을 거부하는데 이것이 마치 나를 거부한 것 같은 느낌으로 상처를 받게 된다는 것이다. 다시 말해 상처는 외부에서 발생하는 어떠한 현상에 대응하는 나의 내부 반응이다. 어떻게 받아들일지는 내가 결정하는 것이기 때문이다.

21세기를 살아가고 있는 사람들은 더욱더 상처와 스트레스에 취약해져 있다. 빠르게 흘러가는 시대에 더 많은 경제적 이익을 내어야 한다는 강박관념과 안정에 대한 지나친 생각 때문에 더 불안해하고 있고, 더 힘들어하고 있다. 이런 상황에서 내가 상처를 덜 받지 않기 위해서는 무엇보다 나만의 가치관이 잘 정립되어 있어야 한다. 무엇이 옳고 그른 것인지, 다른 사람이 봐도 나의 가치관이 믿음직하고 인정할 만한 것인지 알아야 한다. 그다음 누군가가 나에게 말로 상처를 주고 험담을 한다 해도 그것은 나의 몫이 아니라 그 사람의 몫으로 남겨둬야 한다.

요즘 청소년들은 '패드립'이라는 말을 사용하곤 한다. 패드립은 패륜과 애드리브를 합친 신조어로, 별생각 없이 즉흥적으로 자신의 부모 혹은 조상을 욕하고 비하하는 패륜적 언어행태를 일컫는 말이다. 최근에는 다른 사람의 부모나 조상을 비하하고 조롱하는 행태에도 폭넓게 사용되고 있으며, 4~5년 전부터 온라인에서 시작된 패드립 현상은 청소년들의 실제 언어생활까지 깊숙이 파고들어 하나의 새로운 '문화'로 자리 잡고 있다. 여기서 중요한 것은 패드립을 하는 사람들의 심리이다. 필자는 현장에서 상담하는 상담사이기 때문에 패드립을 하는 친구들의 심리적인 특징을 살펴보았다. 그 친구들은 자신 부모님의 훈육 방식이나 교육 방식, 지시, 명령, 통제, 설득 같은 언어로 많은 힘듦을 호소하는 경우가 많았다. 그렇다면 결국 내가 하는 패드립은 누구에게 하는 욕인가? 그것이 정말 상대방의 부모님에게 욕을 하는 것일까? 꼭 그렇지만은 않은 것 같다. 내가 누군가에게 상처받는 마음을 가지고 있다면 내가 지나치게 타인에게 민감하게 반응하고 있고 또 나의 삶과 상황을 다른 사람이 주도하고 있기 때문일 것이다. 상처받는 사람은 얼마든지 이런 상황을 헤쳐 나갈 수 있는 방법을 마련할 수 있다.

매사에 감사하기

"세상에서 가장 현명한 사람은 항상 배우는 사람이요, 세상에서 가장 강한 사람은 자기를 이기는 사람이며, 세상에서 가장 행복한 사람은 세상의 모든 일에 감사한 사람이다". 유대인의 경전인 『탈무드』에 나오는 이야기다. 세상의 모든 일에 모두 감사하기는 쉬운 일이 아니다. 사소한 것이라도 날마다 감사한 것들을 찾는다면 그것들은 나비 효과를 불러올 수 있다.

어느 병원에서는 주삿바늘 대신에 의사들이 노래를 불러준다. 하루 종일 병원 이곳저곳을 누비며 병원의 환자들에게 음악을 들려주면서 힘을 준다. 일주일에 한 번씩 환자들에게 감사의 마음을 전한다. 특히 나이가 많으신 어르신이나 나이가 어린 환자들이 좋아한다고 한다. 그 병원의 의사나 간호사들 또한 그러한 일을 하면서 오히려 더 감사함을 느낀다고 한다. 이 병원은 간호사의 퇴사율 또한 반절로 줄었다는 보고를 하고 있다. 간호사들이 환자에게 감사의 편지를 쓰고 또 감사의 일기를 읽어주는 행사를 통해 서로 긍정의 에너지를 나누는 것이다.

하루에 있었던 일 중 사소한 것들을 감사 일기로 쓰는 것이 좋다. 그러면 우리 마음 또한 감사로 귀결을 시키고 습관화된다. 그러한 것들이 모이면 내 안의 부정적인 감정들도 줄어들고, 내 마음이 편해지는 것을 느낀다.

박점식 씨는 1,000개의 감사의 말을 담아 『어머니』라는 책을 썼다고 하니 그러한 것들이 얼마나 소중한지 알게 된 것이다. 감사 일기를 적극적으로 쓰다 보면 예민한 성격도 변화될 수 있다. 감사하기를 하기 위해서는 서로 배려하는 마음도 가져야 하고, 상대방의 칭찬거리도 찾아보게 됨으로써 소소한 것이라도 감사한 것들을 찾아보고 표현함으로써 대인관계도 밝아질 수 있다는 것이다. 이것 역시 마음의 근육을 단련하는 활동으로 상대방의 마음을 이해하고 헤아릴 수 있는 활동이다.

화를 내면 교감신경이 자극돼 아드레날린 등 신경전달물질이 분비되고 이것이 다시 부신을 자극해 스트레스 호르몬인 코티졸이 분비된다. 이로 인해 혈액이 근육 쪽으로 몰리면서 혈압과 혈당이 올라가고 심장 박동이 빨라지게 된다는 것이다. 반면에 우리가 감사함을 느끼게 되면 측두엽 중 사회적 관계 형성에 관련된 부분과 즐거움을 담당하는 쾌락 중추가 작용해 도파민, 세로토닌, 엔도르핀 등 이른바 행복 호르몬이 분비되도록 도움을 준다. 이로 인해 심장 박동과 혈압이 안정되고 심장 박동도 안정된다. 작은 일에도 그때그때 감사를 표현하자. 매일 감사한 점을 찾아 기록하자.

미안한 것은 반드시 사과한다. 역경을 거꾸로 읽으면 경력이 된다.

자살을 거꾸로 읽으면 살자가 된다. 내 힘들다를 거꾸로 읽으면 다들 힘내가 된다. 인연을 거꾸로 읽으면 연인이 된다. 다시 한번 뒤돌아 생각해 보는 것, 그 사람의 입장에서 생각해 보는 역지사지의 정신이다. 인간의 마음은 수천 개의 채널이 있는 텔레비전과 같다. 마음의 채널에 분노를 켜면 분노가 되고, 기쁨을 켜면 기쁨이 되고 평화가 된다. 행복의 채널도 불행의 채널도 모두 내가 리모컨을 가지고 있다. 결국 모든 것은 마음에서 비롯되는 것이고, 행복은 내가 마음먹은 만큼만 행복하다.

인생은 미완성

　　세상을 살아가는 데 명확한 답이 있으면 얼마나 좋을까? 하지만 우리는 그 답을 알지 못한 채 내가 살아가는 것이 답이면 좋겠다는 생각으로 하루하루 살아가고 있다. 어차피 인생은 어떤 삶을 살든지 간에 긍정과 행복도 있지만, 고난과 문제들이 많이 있다. 무엇을 하느냐보다 어떻게 그것을 이해하고 있는지가 문제이다. 물질적으로 경제적으로 무엇을 많이 가졌나보다 얼마나 우리가 현재를 즐기고 있느냐가 문제인 것이다. 결국 우리는 삶에 대해 어떻게 대하느냐와 또 우리 주변의 사람들과 어떻게 관계를 맺고 살아가느냐에 따라 우리의 삶이 결정된다. 다시 말해 중요한 것은 무엇을 가지고 있느냐보다 하루하루 기억할 수 있을 만큼의 추억을 만들어 가고 있느냐의 문제이다.

　　요즘 이슈가 된 단어가 있다. 바로 '소확행'이라는 단어다. 소확행은 '작지만 확실한 행복'을 뜻한다. 일본 작가 무라카미 하루키의 수필집 『랑겔한스섬의 오후』에 등장하는 말이다. 갓 구운 빵을 손으로 찢어 먹는 것, 서랍 안에 반듯하게 접어 돌돌 만 속옷이 잔뜩 쌓여있는 것,

새로 산 정결한 면 냄새가 풍기는 하얀 셔츠를 머리에서부터 뒤집어쓸 때의 기분을 소확행이라고 했다. 1980년대 일본 버블 경제 붕괴가 불러온 경기 침체의 영향으로 소소한 행복을 추구하는 심리가 묻어나는 용어다.

2018년 대한민국의 행복 트렌트는 소확행이라고 했다. 소확행을 추구하는 사람들은 좌절에 빠지기보다 실리를 추구한다. 값비싼 레스토랑에 가기보다 제일 비싼 편의점 도시락을 사서 수입 캔 맥주와 함께 마시는 현실적인 만족을 원한다. 소확행은 세계적인 추세다. 미국 브루클린에서는 '100m 마이크로 산책(Micro Walks)'이 유행이다. 매일 공간의 구석구석을 세밀하게 관찰하며 소소한 행복을 얻는 것이다. 미래가 가장 행복하기 위한 방법은 바로 지금 행복한 것이라고 했던가?

미래를 위해서 현재를 견디고 이겨내고 하는 것보다는 지금 내가 행복할 수 있는 일들을 찾아 느끼는 것이 가장 빠를 것이다. 모처럼 아내와 시간을 내 산책을 하는 것, 모처럼 지나가는 어르신에게 먼저 웃으면서 인사하며 안부를 묻는 것, 길을 가다 바쁜 차에 먼저 가라고 양보해 준 차에 경적을 한 번 울려주는 것, 바쁜 아내를 위해 요리를 맛있게 해주는 것, 자녀에게 행복한 미소를 지으며 사랑한다고 말해주는 것 등 모두 소확행의 첫 번째이자 소중한 요소이다.

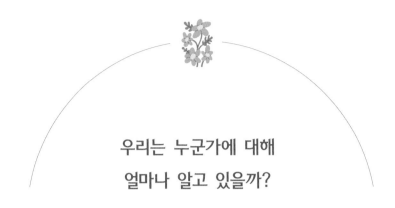

우리는 누군가에 대해
얼마나 알고 있을까?

하루는 강의가 없어서 집 앞 벤치에 앉아있었다. 공무원인 환경미화원이 쓰레기가 많다며 욕을 엄청나게 하면서 바닥에서 쓰레기를 줍고 있는데 어떤 사람이 내 앞을 지나가면서 "아침부터 욕을 하는 사람을 봐서 재수가 없겠네?" 하면서 지나갔다.

시간이 좀 지나 그 환경미화원은 하던 욕을 멈추고 조용히 바닥에서 쓰레기를 줍고 있었다. 그것을 보고 지나가는 한 다른 행인은 "아침부터 묵묵히 열심히 청소하시는 분을 보니 기분이 좋네!" 하면서 내 앞을 지나갔다. 과연 어느 분의 말이 진짜이고 또 그 환경미화원을 잘 보고 이야기한 것일까? 궁금해졌다. 우리는 누군가를 판단할 때 그 사람의 한 부분을 보고 마치 다 알고 있는 것처럼 말한다. 그런데 우리는 그 사람의 한 부분을 알면서 마치 모든 것을 아는 것처럼 말하지 않는가? 나태주 씨의 「풀꽃」이란 시가 있다.

풀꽃

자세히 보아야 예쁘다
오래 보아야 사랑스럽다
너도 그렇다

우리는 자세히 보아야 그 사람의 좋은 점을 볼 수 있다. 또 오래 보아야 그 사람에 대해서 어느 정도 알 수 있다고 말할 수 있다. 내가 지금 단정적으로 판단하고 말하는 것들이 그 사람의 한 부분을 보고 마치 모든 걸 다 알고 있는 것처럼 말하진 않는지 생각해 보자.

인생을 즐기는 법

🔍 활기차지는 법

1) 오디오 타이머를 이용. 자명종 대신 음악으로 잠을 깬다.

2) 기상 후엔 바로 생수를 한 잔 마신다.

3) 아침 식사를 거르지 않는다.

4) 즐거운 상상을 많이 한다.

5) 고래고래 목청껏 노래를 부른다.

6) 편한 친구와 만나 툭 터놓고 수다를 떤다.

7) 꾸준히 많이 걷는다.

8) 햇빛이랑 장미꽃이랑 친하게 지낸다.

9) 거울 속의 나와 자주 대화를 나눈다.

10) 박수와 칭찬을 아끼지 않는다.

🔍 사랑스러워지는 법

1) 거울 속의 자신에게 미소 짓는 연습을 한다.

2) 사람들의 좋은 점을 찾아내 칭찬의 말을 건넨다.

3) 나 자신의 잘못은 인정하고 잘한 일은 침묵한다.

4) 상대방의 말에 맞장구를 팍팍 쳐주자.

5) 고맙고 감사한 마음은 반드시 표현한다.

6) 때로는 큰 잘못도 눈을 감아준다.

7) 파트너를, 아이들을, 나 자신을 존중한다.

8) 매 순간 누구에게나 정직하자.

9) 나 자신을 가꾸는 일에 게을러지지 않는다.

10) 아무리 화가 나도 넘지 말아야 할 선은 넘지 않는다.

11) 진정 원하는 것은 진지하게 요구한다.

12) 나 자신과 사랑에 빠져보자.

13) 갈등은 부드럽게 차근차근 푼다.

14) 소중한 사람들에게 진심 어린 편지를 쓴다.

15) 마주치는 것들마다 감사의 마음을 갖는다.

Q 행복해지는 법

1) 나 자신을 위해서 꽃을 산다.

2) 날씨가 좋은 날엔 석양을 보러 나간다.

3) 제일 좋아하는 천연 에센셜 오일을 집 안 곳곳에 뿌려둔다.

4) 하루에 세 번씩 사진을 찍을 때처럼 환하게 웃어본다.

5) 하고 싶은 일을 적고 하나씩 시도해 본다.

6) 시간 날 때마다 몰입할 수 있는 취미를 하나 만든다.

7) 음악을 크게 틀고 내 맘대로 춤을 춘다.

8) 매일 나만을 위한 시간을 10분이라도 확보한다.

9) 고맙고 감사한 것을 하루 한 가지씩 적어본다.

10) 우울할 때 찾아갈 수 나만의 아지트를 만들어 둔다.

11) 나의 장점을 헤아려 본다.

12) 멋진 여행을 계획해 본다.

🔍 감사하는 법

1) 태어나 줘서 고마워요.

2) 무사히 귀가해 줘서 고마워요.

3) 건강하게 자라 줘서 고마워요.

4) 당신을 만나고부터 행복은 내 습관이 되어버렸어요.

5) 당신은 바보, 그런 당신을 사랑하는 난 더 바보예요.

6) 이 세상 전부를 준대도 당신과 바꿀 순 없어요.

7) 당신이 내 곁에 있다는 사실 이보다 더 큰 행운은 없어요.

8) 당신은 나의 비타민 당신을 보고 있음이 힘이 솟아요.

9) 지켜봐 주고 참아주고 기다려 줘서 고마워요.

10) 내가 세상에 태어나 가장 잘한 일은 당신을 선택한 일.

11) 당신 없이 평생을 사느니 당신과 함께 단 하루 살겠어요.

🔍 발전하는 법

1) 매주, 매달 목표를 세우자.

2) 여행을 자주 다니자.

3) 다른 분야의 사람들과 정기적으로 대화하자.

4) 신문과 잡지와 친하게 지내자.

5) 의논할 수 있는 상대를 곁에 두자.

6) 돼지 저금통에 하고 싶은 일을 적고 저축하자.

7) 특별요리에 하나씩 도전해 보자.

8) 어린 사람과 친구가 되자.

9) 단 한 줄이라도 일기를 쓰자.

10) 한 번도 경험해 보지 않은 일을 해보자.

11) 맨 처음 시작할 때의 초심을 잊지 말자.

12) TV 보는 시간을 줄이자.

Q 즐거워지는 법

1) 일하는 동안 낄낄낄 웃는다.

2) 재미있게 말한다.

3) 콧노래를 부른다.

4) 즐겁고 열정적으로 일한다.

5) 무언가에 푹 빠져라.

6) 가장 하고 싶은 일을 한다.

7) 지금 하고 있는 일에 최선을 다한다.

8) 고통스러운 시간의 끝을 상상한다.

9) 매 순간이 단 한 번뿐이라고 생각한다.

10) 지금 하고 있는 일을 사랑한다.

11) 내가 먼저 큰 소리로 인사한다.

12) 유머스러운 사람과 친하게 지낸다.

13) 부정적인 사람은 되도록 멀리한다.

14) 하기 싫은 건 열심히 해서 최대한 빨리 끝내버린다.

Q 차분해지는 법

1) 해주고 나서 바라지 말자.

2) 스트레스를 피하지 말고, 그대로 받아들이자.

3) 할 일을 내일로 미루지 말고, 지금 시작해 놓자.

4) 울고 싶을 땐 소리 내 실컷 울자.

5) 숨을 깊고 길게 들이마시고 내쉬어 보자.

6) 잠들 바로 직전에는 마음과 몸을 평안히 하자.

7) 상처받는 것을 두려워하지 말자.

8) 하고 싶은 말은 하자.

9) 인생은 혼자라는 사실을 애써 부정하지 말자.

10) 이대로의 내 모습을 인정하고 사랑하자.

Q 여유로워지는 법

1) 30분 일찍 일어나라.

2) 지하철을 놓쳐라.

3) 회사에 혹은 집에 휴가계를 내라.

4) 자가운전 대신 대중교통을 이용하라.

5) 천천히 걸어라.

다음은 「하늘에게 물으니」라는 박정식 작가의 글이다.

하늘에게 물으니 높게 보라 합니다.

바다에게 물으니 넓게 보라 합니다.

산에게 물으니 올라서라 합니다.

비에게 물으니 씻어내라 합니다.

파도에게 물으니 부딪쳐 보라 합니다.

안개에게 물으니 마음으로 보라 합니다.

태양에게 물으니 도전하라 합니다.

달에게 물으니 어둠에 빛나라 합니다.

별에게 물으니 길을 찾으라고 합니다.

바람에게 물으니 맞서라 합니다.

어둠에게 물으니 쉬어가라 합니다.

어딘가에서 모셔온 글이다. 자연이 주는 교훈이다. 그리고 자연과 함께 느림의 미학을 선물하는 시이다.

칼릴 지브란의 '함께 있되 거리를 두라'

우리 사회는 친하면 밀착하는 사회이다. 모든 것을 개방하고 공개해야 한다는 압박을 느낀다. 심지어 식사하러 가서도 일하시는 분에게 '이모'라는 호칭을 사용하고, 옷을 사러 간 여성들도 사장님에게 '언니'라는 용어를 사용하면서 우리는 공동체적인 사회임을 강조하고 있다.

정신분열증을 조현병이라 칭한다. 그것은 현악기의 줄이 고르게 되어있어야 소리가 나는데 그러지 못한다는 것이다. 사람과 사람 사이에도 이렇게 사이사이가 존재해야 편해질 수 있다. 누군가와 거리를 둔다는 것은 상대방을 무시하거나 업신여긴다는 것이 아니다. 여기서 말하는 거리는 상대방과 나 사이에 바로 각자의 존중을 넣으라는 것이다. 특히나 가까운 사이일수록 그 각자에게는 거리가 필요하다고 생각한다. 사람들에게는 심리적으로 누군가가 필요해 기대고 싶어 하는 의존 욕구도 있지만 내 뜻대로 움직이고, 독립하고 싶은 욕구도 함께 가지고 있기 때문이다. 인간관계를 통해서 누군가에게 사랑받기를 원하고 또 누군가를 사랑하면서 행복해하고 싶어 하지만 그렇다고 관계 때문에 남과 다른 나의 정체성이나 독립성이 침해당하는 것은 싫어하는 것이다.

"대인관계는 난로와 같다."라는 말이 있다. 가까우면 너무 뜨겁고, 멀면 너무 차갑다. 온전히 내가 혼자 설 수 있을 때 우리는 옆에 있는 사람에게 의지할 수 있고, 의존할 수 있다. 그리고 철저한 고립 속에 있어야 내가 무엇인가를 이룰 수 있는 것이다. 고독과 고립은 다르다. 혼자 있는 시간이 없다면 온전히 나를 생각할 시간이 없다는 말과 같다. 머리가 복잡하거나 해결해야 할 일이 있다면 일단 혼자만의 시간을 가져봐라. 산책을 해도 좋고, 노트에 메모를 해도 좋다. 머릿속의 고민을 하나하나 적어가다 보면 나만의 생각으로 변하게 된다.

함께 있되 거리를 두라.
그래서 하늘 바람이 너의 사이에서 춤추게 하라.
서로 사랑하라. 그러나 사랑으로 구속하지는 마라.
그보다 너의 혼과 혼의 언덕 사이에
출렁이는 바다를 놓아두라.

서로의 잔을 채워 주되 한쪽의 잔만을 마시지 마라.
서로의 빵을 주되 한쪽의 빵만을 먹지 마라.
함께 노래하고 춤추며 즐거워하되 서로는 혼자 있게 하라.
마치 현악기의 줄들이 하나의 음악을 울릴지라도
줄은 서로 혼자이듯이.

서로 가슴을 주라.

그러나 서로의 가슴속에 묶어두지는 마라.

오직 큰 생명의 손길만이 너희의 가슴을 간직할 수 있다.

함께 서있으라. 그러나 너무 가까이 서있지는 마라.

사원의 기둥들도 서로 떨어져 있고

참나무와 삼나무는 서로의 그늘 속에선 자랄 수 없다.

목표는 인생의 나침반?

　　　　우리는 항상 미래에 행복을 위해 현재를 소비하고 있다. 지금은 힘들고 고통스럽지만, 지금이 지나고 나면 언젠가 행복하고 여유 있고 아름다운 삶이 올 거라 믿고 현재를 이겨내고 있는 것 같다. 그래서 한때 "이 또한 지나가리라."라는 말이 유행하면서 긍정적인 착각으로 막연한 행복을 좇으며 살아가고 있는지도 모르겠다. 하지만 정작 미래에 행복하지 않고 싶은 사람은 없다. 결국 미래의 행복을 위해서는 지금 내가 무엇에 집중해야 하는지가 중요한 요소이다. 미래에 행복하기 위한 가장 좋은 방법은 바로 내가 지금 행복한 것을 찾는 것이다. 어차피 우리의 감정도 습관이고, 지금 행복하지 않은데 미래에 짠하고 행복이 나타나는 일은 기적 같은 일이기 때문이다. 현재 내가 하루의 삶 속에서 하기 싫은 일, 어쩔 수 없이 해야 하는 일을 해나가면서 하루하루 나에게 의미를 주고 기쁨을 주는 소소한 행복들을 찾아야 한다는 말이다.

미래에 대한 투자도 좋다. 하지만 막연하고 도달하기 힘든 목표를 설정했다면 그것은 불행히도 현재 나의 삶을 불만족스럽게 사는 척도가 되어버리는 것이기도 하다. 목표라는 것은 인생에 많은 영향력을 행사한다. 그리고 그러한 목표는 내가 사는 원동력이 되는 에너지원이기도 하다. 대부분의 사람은 삶의 작은 의미를 충분하게 생각하지 않고 사는 것 같다. 망망대해에서 나침반을 세워 나의 목적지만을 향해 전진하는 것이 내 삶에서 빠르게 전진하는 것일지도 모른다. 하지만 어딘가에 빠르게 도달하기보다는, 현재 내가 어디로 가고 있는지, 주변에 나에게 행복을 주는 요소와 사람과 환경은 무엇인지 알고 가는 것도 중요하다.

아름답고 멋진 곳을 가면 너나 할 것 없이 카메라, 스마트폰으로 그 현장을 담기 위해 분주하다. 물론 오랜 시간이 지난 후 수많은 사진 속에서 그것들을 회상하며 좋은 추억을 떠올리는 것도 중요하지만, 정작 지금 내가 느끼고 감상해야 할 현재는 놓쳐버리는 사람들이 많다. 다시 말해 멋지고 아름다운 추억이 많다고 행복하거나 아름다운 삶은 아니다. 행복이나 만족은 과거나 미래가 아닌 바로 현재에 있다. 그렇기 때문에 현재 나에게 의미를 두고 행복을 주는 것들에 집중해야 할 필요가 있다. 지난 과거를 지나치게 생각하면 우울증에 걸리기 쉽다. 막연한 미래를 너무 많이 생각하다 보면 불안증에 시달리게 되기 때문이다.

의지하지 않는 삶

　　우리 삶에서 의지와 의존이 법적으로 존재하는 제도가 있다. 그것이 뭐냐 하면 바로 결혼이다. 결혼은 누군가가 우스갯소리로 판단력이 흐려져서 한다고 한다. 그리고 인내력으로 살아간다. 그리고 재혼을 왜 하냐면 기억력이 흐려져서 다시 한다는 말이 있다. 요즘 사람들은 왜 결혼을 하지 않을까? 지금보다 못살았던 경제적인 능력이 부족했던 1960년대, 1970년대에도 결혼을 많이 했는데 말이다. 어느 독서가는 요즘 사람들은 인내심이 부족해서 결혼하지 않는다고 한다. 나랑 다른 사람과 가치관을 조율하고 서로의 입장을 이해하고 이러한 것들이 인내심이 많이 필요한 일인데 그것이 힘들고 귀찮기 때문이라고 한다. 참 맞는 말인지도 모르겠다. 혼자 밥을 먹고 혼자 술을 먹고, 이제 결혼도 귀찮고 혼자 뭐를 하는 것이 참 편하고 좋은 시대란 말인가?

　　톨스토이는 결혼에 대해 다음과 같이 말한다. "행복한 결혼 생활은 상대와 얼마나 잘 지낼 수 있느냐가 아니라, 얼마나 불일치를 감당할 수 있느냐에 달려있다." 혼자 있으면 외롭고 두렵기 때문에 결혼이라는 것으로 누군가와 의지하고 의존하면서 살아가는 것을 우리는 당연하게 살아온 것 같다. 하지만 누군가에게 일방적으로 의지하고 의존하는 것은 또한 상대방을 힘들게 하기도 한다. 두 사람이 30 평생 자신만의 가치관대로 살다가 비슷할 것 같지만 전혀 다른 사상과 가치관 속에서 무언가를 합의해내야 하고 비슷하게 공유해야 하는 삶이 여간 힘든 삶이 아니다. 부부는 일심동체라고 한다. 부부는 몸이 두 개지만 정신, 즉 마음이 하나라는 말인데 잘못된 말인 듯하다. 몸이 두 개지만 마음은 수천 개, 아니 수백 개일지도 모른다.

우리는 배우자를 찾는다고 한다. 하지만 배우자는 결국 찾는 것이 아니다. 전혀 다른 삶을 살다 만나 함께 오래 사는 사람을 배우자라 정의한다면 그게 더 맞을지도 모르겠다. 한 번 이혼을 한 사람의 경우 다시 이혼할 경우가 더 많다는 보고가 있다. 결국 배우자는 찾는 것이 아니라 만드는 것이다. 모든 것의 진리가 그러하듯이 내가 나의 배우자를 만드느냐 못 만드느냐는 결국 내가 어떻게 하느냐에 따라 결정되기 때문이다. 우리나라는 아직도 성 불평등 국가라고 일컫는다. 이러한 내용에 반기를 드는 남자들도 있을 것이다. 요즘 세상은 여자의 권리가 더 높다고 말하는 남자들도 있으니 말이다. 하지만 최근에 40대, 50대, 60대 이상의 고독사를 보면 여자보다는 남자가 훨씬 많다. 다시 말해 남녀평등이 없는 우리나라에서 남자들이 더 힘들어하면서 삶을 살아가고 죽게 된다는 것이다.

결국 결혼이라는 제도는 사랑하고 좋아하는 사람이 만나 평생 행복한 삶을 살아가는 것이 아니라 판단력이 흐려진 사람들이 서로의 사랑이라는 굴레 속에서 서로의 배우자가 되기 위해 인내력을 기르며 삶을 살아가는 것이 아닐까 생각해 본다. 최근에 젊은 사람들이 결혼을 하지 않는다고 한다. 그 이유를 다양하게 들어 3포 세대, 5포 세대 등 세상 사는 것이 힘들어서라고 말한다. 하지만 1950년대, 1960년대는 지금보다 경제적으로 물질적으로 더 힘든 시기였지만 결혼하고 많은 아이를 낳고 살았다. 결국 결혼하지 않는 청년들은 나와 다른 사람과 함께 인내하고 나와 다른 것들을 이해하고 견딜 자신이 없어서 결혼이라는 것을 미루고 회피하는지도 모르겠다. 단지 나의 생각이 그렇다는 것이다.

세상에 부족함 없이 풍족하게 결핍이라는 것을 모르고 자라는 요즘 청년들에게 결국 결핍과 인내심은 꼭 한번 생각해 봐야 할 문제다.

결혼은 하나도 아니고 둘도 아닌 관계, 둘이 있어야만 하나가 되는 존재. 너무 가까워서 소중함을 모르는 존재. 죽어서도 사랑해야만 하는 존재. 그 자리에 있어주는 것만으로도 너무나 고맙고 감사한 존재. 결혼의 의미는 나를 버리고 너에게 가는 길이다.

마음의 허기가 들지 않게

비둘기 암컷은 수컷에게 그렇게 헌신적이라고 한다. 자신이 먹을 것도 수컷을 먼저 챙기고 또 자식을 먼저 챙긴다. 하지만 암컷 비둘기는 수컷보다 일찍 죽는다. 마음의 허기가 들어서이다. 실은 자기도 받고 싶은데 주기만 해서 그런 것이다. 나도 받고 싶다고 말하지 못하고 주는 것이 참다운 사랑이라고 느끼면서 그렇게 마음을 잃어간다. 요즘 이런 말을 듣고 싶어 하는 사람들이 많아지고 있는 것 같다. '잘 지내고 있니?', '아픈 데는 없니?', '요즘 힘들진 않지?', '네가 생각나서 연락해 봤어', '네가 뭐 해줬을 때 참 좋았는데.' 이런 말들이 듣고 싶어진다. 이런 말들이 듣고 싶어진다는 것은 어쩌면 점점 고독해지고 있다는 거고, 또 누군가가 필요하다는 거다. 신체적인 포만감과 우리의 정신적인 보살핌은 서로 연결되어 있다. 그래서 우리는 사랑의 갈구를 마치 배가 고픈 거로 착각하기도 하고, 배가 부르다는 것을 사랑의 충만함으로 표현하기도 한다. 그래서 우리는 나이를 먹고 성인이 되고 어른이 되면 정신적인 고통과 스트레스를 음식을 먹음으로써 달

래게 되는 것이다.

 마음의 허기가 들면 공허하다. 또 그 공허함은 그 무언가로 채우기 위해 노력하지만 잘 채워지지 않는다. 매일 매일 똑같은 삶 속에서 무기력감, 공허함, 권태감, 짜증, 답답함, 우울함 등이 올라온다. 이때 우리는 생물학적인 원인을 찾는데, 실은 생물학적인 원인이 아닌 마음에 있기 마련이다. 바로 우리 마음 상실의 증상들이다. 고대 유럽에서는 영혼의 상실을 막기 위해서 생일이 되면 그동안 한 번도 해보지 않은 일들을 해보게 했다. 우리의 마음은 어쩌면 우리의 행동을 갈구하고 있는지도 모른다. 그동안 해보지 못한 새롭고 재미있는 것들을 해보라고 말이다. 이러한 우리의 마음은 깊은 전염성이 있어서 바로 사람에게 전염된다. 우울하고 불행하다고 느끼는 부모에게서 태어난 아이들은 부모의 마음을 함께 호흡하고 그렇게 성장한다. 그렇기 때문에 그런 사람들은 어른이 되어서도 우울감과 불행감에 편안함을 느끼고 습관처럼 그렇게 자신을 몰고 가면서 거기에 안주한다. 그래서 우리는 나 스스로 마음의 허기가 들지 않게 내 마음을 잘 들어야 봐야 한다.

삶의 여백과 비움의 미학

우리는 살면서 많은 것들을 경험한다. 스마트폰의 발달로 하루 동안 스마트폰을 켜면 300page 분량의 책 24만 7천 권의 정보가 쏟아져 나오는 시대에 살고 있다. 그래서 사람들은 다양한 것들을 배우고 익혀서 많이 채우기에 노력한다. 성인들도 더욱더 많이 소유하고자 하고 또 물질적으로 풍요로운 삶을 원한다. 하지만 넘침에는 더 이상 들어갈 공간이 없다. 다시 말해 여유도 없다. 비워내야 채울 수도 있고, 여유도 생긴다.

우리가 공부하는 이유는 내 머릿속에 다양한 지식을 넣기 위함도 있지만, 머릿속을 비우기 위함이기도 하다. 나이를 먹을수록 우리는 다양한 가치관을 수용하고 포괄하려는 것이 아니라 나의 고집이 더욱 세지고, 나만의 가치관이 더욱더 확고하게 자리 잡기 때문에 다른 사람들을 이해하기가 더 어려워지고 나랑 다른 사람을 받아들이기가 쉽지 않게 된다. 살아가면서 비움, 여백이 주는 의미는 아주 중요하다. 우리 삶에서 비움과 여백이란 내 마음의 여유를 의미하는 것으로, 파도에 비유하자면 잔잔한 파도에 비유된다. 파도가 거칠면 바닷속이 보이지 않는다. 하지만 파도가 잔잔해지면 그 안에 뭐가 있는지 잘 보이기 때문이다.

세상이 너무 빠르게 지나가고 있다. 다급하게 돌아가는 세상에 넘침이 우리에게 무엇을 주는지 한번 생각해 볼 때가 아닌가 싶다. 하나씩 하나씩 비워나가는 삶은 정리가 되어있는 삶이다. 물건도 너무 많아 넘쳐나면 내 물건이 어디에 있는지조차도 모르게 되는 경우가 있다. 하지만 부족함이 아닌 비움에는 여유가 있고 낭만이 있고, 삶이 있다.

오늘부터 내 주변에서 하나둘씩 필요 없는 물건과 정신들을 하나씩 지워나가 보자. 그러면 우리 마음과 삶의 공간이 오히려 더 넉넉해짐을 느낄 수 있을 것이다. 마음도 마찬가지다. 내 마음이 빈 마음이라야 다른 사람이 들어올 수 있다. "내 손이 빈손이라야 다른 사람의 손을 잡을 수 있다."라는 말도 있듯이, 우리는 채움과 넘침보다는 비움과 여유의 미덕을 생각해 볼 때이다.

바쁘다는 것을 미덕으로 여기는 현대인들

　　세상 사람들이 엄청 바빠졌다. 안 그래도 성격이 급한 민족인데 스마트폰이 나오면서 더 급해졌다. 자판기에 손을 넣고 빨리 나오기만을 기다리고, 엘리베이터를 타고 잠깐을 기다리지 못하고 닫힘을 너무 눌러대 닳고 닳았다. 카드로 음식값을 지불하고 사인할 시간도 없어 주인이 카드 모서리로 대신 사인을 해준다. 해야 할 일을 8시간 동안 해결하지 못하고 야근을 한다. 너무 바빠서 친구를 만날 시간이 없다. 하지만 바쁘게 살지 말라는 말이 아니다. 왜냐하면, 제일 많이 바쁜 사람이 제일 많은 시간을 가지기 때문이다. 해야 할 일이 너무 많고, 하루에 인터넷을 3시간씩 하고 SNS를 1시간 이상 하느라 책을 읽을 시간도 없다. 소통의 도구는 많아졌지만 통하지 못한다. 내가 힘든데 왜 힘든지는 모르고 힐링을 찾아 여행을 떠난다. 그리고 그 여행이 힘들어 다시 힘든 직장에 가서 일을 한다.

　　아이들에게 밥을 챙겨줘야 한다. 다 큰 중학생, 고등학생인데 밥을 챙겨줘야지만 부모님의 역할을 다했다고 믿는다. 그리고 자식을 위해 희생하고 있다고 생각하면서 자식들에게 공부 잘해야 함을 강조하고, 내 말을 잘 들어주기를 바란다. 내 말을 잘 들으면 나처럼 살 텐데. 사람들은 시간이 없다고 하면서 영원히 살 것처럼 하루를 산다. 열정에 빠져 주변을 보지 못한다. 내 열정에 주변의 사람들이 힘들어한다. 난 열정인데 주변 사람들은 과몰입이라 한다. 세상을 보는 틀을 넓히려고 독서를 하는데 세상을 보는 틀은 더 좁아진다. 그래서 나만의 세계에 갇히고 만다. 독서를 하면 할수록 편견(犬)과 선입견(犬)이 더 확고해져 개 2마리를 달고 다닌다. 나랑 다르면 '틀렸다.'를 외치면서 다른 사람의 잘됨을 시기하고 질투한다. 바쁘게 살면 잘살고 있다고 느끼면서 바쁨을 자랑삼아 이야기한다. 여유도 없고 쉼도 없다. 일은 끝이 없이 늘어나고 불어나는데 통장은 불어나지 않는다. 여기저기 돌아다니고 해야 할 일과 중요한 일과 급한 일을 구별하지 못한다. 그래서 항상 넘침 속에 삶을 산다. 넘침이 있어 더 이상 채울 수 없다. 또한 채움을 고마워하지 않는다. 내 잔이 빈 잔이라야 채울 수 있다. 또 감사할 수 있다.

물(物)에 빠진 사람들 속에 사람들은 진정한 마음을 잃어간다. 독(獨)해진 사람들이 혼자가 편하다고 온갖 것을 혼자 하면서 즐거워한다. 결국 사람은 사람에 의해 상처를 받지만, 사람에 의해 이해되고 살아가야 하는 존재인데도 말이다.

빈방

정용철

내 마음에
빈방 하나 있다.

문은 열려 있지만
어떤 생각도 감정도
들어가지 못하는 방.

햇살과 바람이
간간이 들어가
쌓인 먼지만 닦고
가만히 나가는 방.

내 안에 있지만
내가 없는 그곳에서
나는 참 쉼을 얻는다.

말을 해야 하는 이유

우리가 누군가에게 나의 속마음을 이야기하는 이유는 컨설팅을 받으려는 것이 아니다. 그냥 내 말을 좀 들어달라고, 내 마음 좀 이해해 달라고 속마음을 말하는 것인데, 자꾸 충고와 조언을 해 준다. 물론 그 충고가 도움이 될 때도 있지만, 우리는 지나치게 충고와 조언을 할 필요는 없다. 왜냐하면, 그 나름대로 열심히 노력하고 있기 때문이다. 다음 시를 읽어 보면서 느껴봄 직하다.

또 다른 충고들

장 루슬로

고통에 찬 달팽이를 보게 되거든 충고하려 들지 말라.
그 스스로 고통에서 벗어날 것이다.

너의 충고는 그를 화나게 하거나 상처 입게 할 것이다.

하늘의 선반 위로 제자리에 있지 않은 별을 보게 되거든
그럴 만한 이유가 있으리라 생각하라.

더 빨리 흐르라고 강물의 등을 떠밀지 말라.
풀과 돌, 새와 바람, 그리고 대지 위의 모든 것들처럼
강물은 나름대로 최선을 다하고 있는 것이다.

시계추에게 달의 얼굴을 가지고 있다고 말하지 말라.
너의 말이 그의 마음을 상하게 할 것이다.

그리고 너의 문제들을 가지고,
너의 개를 귀찮게 하지 말라.
그는 그만의 문제들을 가지고 있으니까.

누군가가 나에게 힘듦을 이야기한다면 상대방의 마지막 말을 따라 해주면 된다. '나 힘들어.'라고 한다면 '힘들어?'라고 말하고, '나 우울해.'라고 말하면 '우울해?'라고 물음표를 달아주면 된다. 그게 진정 말을 잘하는 사람이다.

내 옆에 누가 온다는 것

　　우리는 사람을 함부로 만나지 말라고 한다. 왜냐하면, 그 사람의 가치관과 사고, 심지어 세상을 보는 안목까지 닮아가기 때문이다.

　사람의 몸은 신경전달물질로 되어있어 내가 좋아하면 닮고 싶고, 모방하고 싶은 본능이 있기 때문이다. 그래서 모든 사람과 인연을 맺고 살아갈 수가 없고 또 그럴 수도 없다.

　사람을 보는 눈을 길러야 한다. 나와 사고방식이 같은지, 또 화가 나고 기분이 안 좋을 때 사용하는 방어기제가 나랑 똑같고 비슷한지 알아야 우리는 큰 감정싸움 없이 사람과의 관계를 지속 할 수 있기 때문이다.

방문객

정현종

사람이 온다는 건

실은 어마어마한 일이다.

그는

그의 과거와

현재와

그리고

그의 미래와 함께 오기 때문이다.

한 사람의 일생이 오기 때문이다.

부서지기 쉬운

그래서 부서지기도 했을

마음이 오는 것이다. 그 갈피를

아마 바람은 더듬어볼 수 있을

마음,

내 마음이 그런 바람을 흉내 낸다면

필경 환대가 될 것이다.

누군가를 내 옆에 둔다는 것, 누군가와 마음을 나눈다는 것은 이처럼 큰 것들을 나에게 주는 것이다.

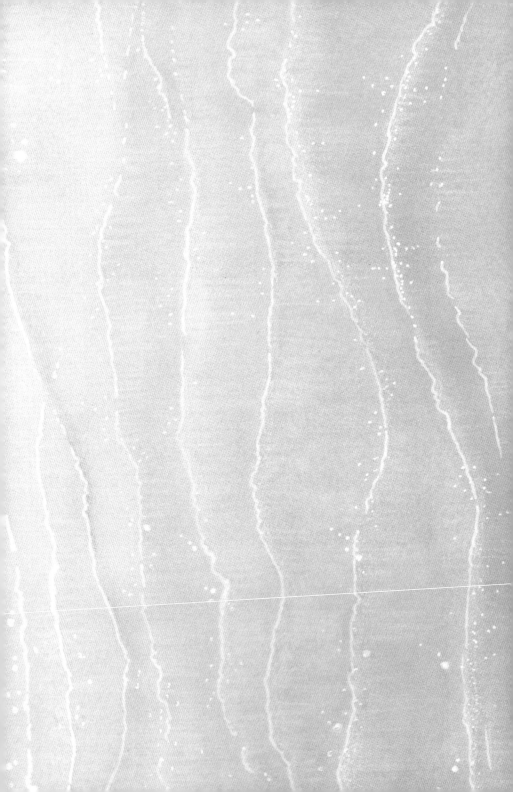

3장

아무래도 삶이 처음이니까

나를 깨닫게 한 것에 대하여

세상을 본다는 것

심리학자 Piaget는 Schema라는 용어를 통해 '인지'라는 말을 사용하였다. 인지는 세상을 바라보는 틀이고, 관점이고, 프레임이다. 사람들은 자기만의 인지를 통해 세상을 본다. 어떤 사람은 창밖의 별을 보지만, 어떤 사람은 창밖의 삭막해진 땅을 본다. 보는 것이 다르니 생각하는 것도 다르다. 생각하는 것이 다르니 삶의 방향도 다르다. 가장 불행한 사람은 다른 사람들의 단점만 보는 것이라고 생각한다. 우리는 어릴 때부터 다양한 실패와 아픔으로 그것들을 견디면서 살아간다. 똑같이 넘어져도 빨리 일어나는 사람이 있다는 것이다. 그것을 회복탄력성이라고 하는데, 그것은 가만히 있는다고 길러지지 않는다. 수많은 경험과 좌절 그리고 노력, 인내로 그것들이 길러지는데 최근의 부모님들은 아이들의 실패를 두려워해 시도조차 못 하게 한다. 아이들이 가장 좋아하는 놀이는 달리기다. 하지만 아이들이 달리려고 하면 넘어질까 봐 달리지 못하게 한다. 또 아이들이 좋아하는 놀이 매체는 흙인데 흙을 만지려고 하면 '지지!'를 외치면서 만지지 못하게 한다. 이제는 우리가 세상을 보는 눈을 좀 더 넓혀야 하지 않을까 생각해 본다. 곰은 겨울만 되면 나무 위로 올라간다. 우리는 그러한 곰을 보고 '게으른 곰탱이'라고 부른다. 하지만 그 곰은 이유가 있다. 바로 내가 발자국을 찍고 나가는 순간 사냥꾼이 자신의 자식들을 모두 잡아간다는 것을 알기 때문이다. 하지만 너무 배가 고픈 곰은 어쩔 수 없이 눈에 발자국을 찍으며 먹이를 찾으러 나선다. 집으로 돌아온 엄마 곰은 자식들을 잃고 슬퍼한다. 움직이지 않았던 곰에게 이유가 있었던 것이다. 그런데 우리는 겉모습만 보고 판단한다. 그래서 우리는 상대방의 입장이 아니면 그 마음을 알 수도, 이해할 수도 없다. 세상을 본다는 것은 어쩌면 마음으로 본다는 것 아닐까?

풀꽃 2

나태주

이름을 알고 나면
이웃이 되고
색깔을 알고 나면
친구가 되고
모양까지 알고 나면
연인이 된다
아, 이것은 비밀

사랑에 대하여

누군가로부터 조건 없이 사랑을 받고 또 조건 없이 사랑을 하는 것이 참 위대하다는 생각이 든다. 그래서 그러한 사랑에 대해 우리는 부모님의 사랑을 가장 으뜸으로 생각한다. 요즘 대학생들을 만나보면 사랑을 집착적으로 해대는 사람들이 있다. 전화가 안 되면 30~40번씩 전화를 해댄다. 자기는 사랑이라고 믿으면서 말하지만, 당하는 사람은 무섭다고 한다. 현악기도 줄과 줄 사이가 있어서 그 사이 울림으로 소리를 낸다. 연인 관계도, 부부 관계도 각자의 독립된 공간이 있다. 또 그 공간을 존중해 줘야 한다. 하지만 우리는 사랑한다는 이유로, 친하다는 이유로 그 사이를 인정하지 못한다.

위계질서가 엄격하고, 서열이 분명한 직장 생활을 하면서도 가족들이 나한테 잘해주는 것처럼 그렇게 해주기를 바란다. 하지만 직장은 그러한 곳이 아니다. 서로의 이익을 창출하고, 서로 경쟁하여 1등만이 살아남는 전쟁터인데도 말이다. 그래서 가장 모순은 '가족같이 일할 사람을 찾습니다.'라는 광고이다. 이 광고를 보고서 진짜 가족처럼 일할 사람을 찾는다고 착각하면 안 된다. 사랑에 대해 다시 한번 생각해 봐야 진정한 사랑을 할 수 있다. 사랑은 헌신도 아니고 희생도 아니다. 또한 집착도 아니다.

함께 비를 맞아주는 것

김종인

비가 오는 날이면 생각나는 사람이 있습니다.
우산을 잘 잃어버리고 다녀서
언제나 옆에서 챙겨줘야 했던 그녀,
어떤 날은 우산 들고 나오는 게 귀찮다고,
그냥 비를 맞고 온 그녀를 강의실 앞에서
수업이 끝날 때까지 기다렸다가
그녀가 아르바이트하는 커피숍까지
데려다준 적이 있습니다.

그런데 그녀가 갑자기 커피숍에 들어가려다 말고
저를 보고 놀라더군요.
같이 우산을 쓰고 왔는데 왜
혼자만 이렇게 젖어있냐고,
그러면서 저의 젖은 어깨를 툭툭 털어주며

손수건으로 닦아주는데,

미안해 어쩔 줄 몰라 하는 그녀가,

정말 예뻐 보였습니다.

잘 가라며 들어가는 그녀의 뒷모습을 보고 있다가

카운터에 그녀 몰래,

메모 한 장과 우산을 두고 갔습니다.

"집에 갈 때 쓰고 가. 너 감기 들면 오래 가잖아."

비가 오는 날이면 어디선가 또 비를 맞고

있을 그녀가 생각나

저도 비를 맞으며 걷곤 합니다.

사랑이란

그 사람이 비를 맞을 때.

우산을 받쳐주는 게 아니라.

함께 비를 맞아주는 거니까요.

이 세상에서 가장 값지고 고귀한 것은 사랑이다. 하지만 너무 쉬운 사랑, 불처럼 너무 빨리 데워지는 사랑은 너무 빨리 식게 되기도 한다. 사랑에 대한 정의가 어렵게 느껴지기도 하지만, 누구나가 인용할 수 있는 사랑을 찾아 우리는 세상에 태어났고, 사랑을 하고 사랑을 받는 기본적인 감정을 알게 될 때 우리는 비로소 세상에 태어난 존재의 이유가 있을 것이다.

대한민국에서 중년으로 살아가기

　　대한민국은 절대적 빈곤은 해결되었지만, 상대적 빈곤은 늘어가고 있다. 평등사회이다. 아파트 몇 평에 사는지가 중요하고, 몇 등을 하는지가 중요하다는 이야기이다. 에릭슨 심리학자에 의하면 중년은 35세에서 65세 정도로 정의하고 있으며, 이때의 발달 과업은 생산성 대 침체감이다. 다시 말해 경제적으로 직업적으로 자신의 업적을 달성하고 무언가에 몰입하고 생산적인 삶을 살아야 한다는 말이다. 하지만 그렇지 못하면 침체감을 느끼고 자신 스스로 자존감 또한 느끼지 못한다는 것이다.

　현재 중년은 낀 세대, 샌드위치 세대라는 말로 통칭하기도 한다. 내 부모님에게 효도해야 하지만 내 자식에게는 효도를 못 받는 시대라는 말일 것이다. 또한 사오정 세대(45세에 정년을 생각해야 한다), 오륙도 세대(56세까지 버티면 도둑)라는 말이 나오기도 한다. 하지만 긍정적인 말도 있다. 꽃중년, 중년돌, 깬 세대 등이 그러한 이야기를 대변해 주고 있다. 제2의 사춘기를 잘 넘어가야 이러한 말들이 나에게도 어울릴 것이다.

중년기에 접어든 남성들은 부부 관계, 자녀와의 관계, 노부모와의 관계에서 어려움을 느끼고 스트레스를 받는다. 또한 질병에 대한 두려움과 불안감을 가장 많이 느끼며 아침에 일어나 다양한 영양제를 흡입한다. 인생의 유한함을 절감하는 시기기도 하며, 가족 간의 의사소통에 어려움을 느끼는 가장도 많아진다. 은퇴와 실직으로 인한 직장에서의 역할 상실을 경험하기도 하고, 직장에서 후배들에 대한 경쟁심에 스트레스로 긴장한다. 대한민국 중년의 우울증이 이슈가 된 적이 있다. 마음의 감기라는 말로 불리기도 하는데, 처칠 또한 지독한 우울증에 시달리기도 했다. 이러한 중년의 우울은 청소년, 노인 우울과는 달리 건강에 대한 염려증이 많고, 죄책감, 절망감, 공허함, 건망증 등이 심해지기도 한다. 또한 빈 둥지 증후군으로 마음이 공허하기도 하고, 화병에 노출되기도 한다. 이러한 심리적인 빈곤에서 빠져나오기 위해서는 다양한 노력이 필요하다.

첫째, 긍정적 인간관계이다. 사람 인(人)은 서로 기울어져 기대어 있다. 결국 인간은 혼자서는 살 수 없으며, 누군가에게 기대어 살아야 한다는 것이다.

둘째, 직업적 성취와 만족이다. 무언가에 몰입하고 내가 무엇인가 사회에 할 수 있는 일이 있다는 기분을 느끼는 것이 중요하다. 80세가 평균 수명이라 가정하면 우리는 60대에 정년을 맞이하고 퇴직 후 20년은 다시 살아야 한다는 것이다.

셋째, 사회적 기여와 여가 활동이다. 여가 활동은 바쁜 일상에 몸과 마음을 멈추는 일이다. 여가는 내가 또 다른 일을 할 수 있는 원동력을 준다. 자동차의 엔진이 과열되지 않으려면 냉각수가 필요하듯, 우리의 삶에도 냉각수가 필요하다. 냉각수가 쉼이라는 것이다.

넷째, 인생의 의미와 영적 추구이다. 사람은 세상에 던져진 존재라는 말이 있다. 우리는 내가 원해서 세상에 나오지 않았다. 누군가에 의해 세상에 나왔다. 하지만 우리는 오늘을 살아간다. 그리고 또 내일을 살아가기 위해 저축을 한다. 오늘 하루를 의미 있게 살아가고 거기에 의미를 부여한다는 것이 중요하다는 것이다. 특히 남자의 결혼이 중요한 요소이다. 결혼했는데 독신처럼 살아가는 부부가 늘어나고 있다고 한다. 그림자 부부라는 말로 표현하기도 하는데 결혼한 사람이 결혼하지 않은 사람보다 더 불행할 수도 있다.

긍정적 부부 관계는 장수의 요인이 된다. 이혼을 만병통치약으로 여기는 사람들이 너무 많다. 내가 문제가 아니라 다른 사람이 문제라는 시각에서 비롯된 생각이다. 나도 옆에 있는 사람 때문에 힘들다면 분명 내 옆에 있는 사람도 나 때문에 힘든 구석이 있다. 단지 말을 안 해서일 뿐이다. 하지만 막상 이혼을 해보면 아픈 병보다 더 끔찍하다는 것을 알게 될 것이다. 다시 말하면 옆집에 있는 집이 더 좋아 보인다는 것이다.

마지막으로 노력해야 할 것은 바로 이타적인 행동을 자주 하는 것이다. 청소년은 비행 행동을 예방하기도 하며, 지적 발달을 촉진하기도 하고 사회적 책임감을 높인다. 그리고 중년의 이타적인 행동은 긍정 정서를 풍부하게 만들고, 높은 자존감을 느끼게 해주며, 활발한 대인 관계를 통한 원만한 감정 교류를 느낄 수 있다.

'헬퍼스 하이'라는 용어가 있다. 정신의학적 용어로써 말 그대로 "도움을 주는 사람들의 높은 상태"를 뜻한다. 미국의 내과 의사 앨런 룩스(Allan luks)가 『선행의 치유력』(2001)이라는 책에서 최초로 밝혔다. 그가 3,000여 명의 자원봉사자를 대상으로 연구한 결과 그들 중 대다수가 남을 도운 후 혈압과 콜레스테롤 수치가 낮아졌다고 보고한다. 그뿐만 아니라 행복감을 느낄 때 분비되는 호르몬인 '엔도르핀'이 정상치의 3배 이상 분비되어 몸과 마음에 활력이 넘치게 되는 '헬퍼스 하이'를 경험한다는 사실을 알아냈다. 서로 나눔을 행하는 사람의 뇌에서 도파민이 분비되고, 기쁨을 느끼는 뇌 영역이 활성화되면서 행복이 커지는 효과가 발생한다. 직접 선행하는 것뿐 아니라 남의 선행을 보는 것만으로도 신체 면역기능이 올라갔다는 연구 결과도 있다. 이처럼 우리는 이제 중년 남자의 사춘기를 건강하고 슬기롭게 넘어갈 수 있도록 요소를 찾아야 하는 시대가 되었다.

21세기 대한민국 보고

우리의 삶은 과거와 많이 달라졌다. 물질적으로 이전보다 풍요로워졌지만, 사람들의 시름은 이전보다 깊어지고 많아졌다. 또한 사람들의 불신도 이전보다 깊어졌고, 미래에 대한 불안도 이전보다 많아졌다. 자동차 키가 없어도 시동이 걸리고, 여름은 빵빵한 에어컨을 틀면서 겨울처럼 춥게 살고, 겨울은 보일러를 가동하면서 여름처럼 덥게 사는 시대, 물질적 불편과 부족은 줄었지만, 불만과 불안과 불신은 오히려 많아졌다. 밥도 못 먹고 몇 끼를 물로 해결해야 하는 헝그리(hungry) 시대에서 화를 참지 못하고, 불특정 다수에게 화를 내야만 속이 풀리는 앵그리(angry) 시대로 변화됐다. 굶주림을 느끼는 사람은 줄었지만, 마음의 허기를 느끼는 사람들은 많아졌다. 사람과의 친밀한 관계를 원하지만, 관계가 안 되는 사람들이 많아졌고, 혼자 뭐를 하는 것이 자랑처럼 되어버린 시대가 되었다. 채움이 지나쳐 넘쳐나지만, 비움에 대한 미덕이 필요한 시대가 되었다. 기적을 이루었지만, 기쁨을 잃은 나라가 되었다. 경제적으로 발전하여 경제적 대국을 이루었지만, 빈익빈 부익부(貧益貧富益富)는 더 심해졌다(가난한 사람일수록 더욱 가난하게 되고 재산이 많은 사람일수록 더 큰 부자가 됨). 고위 학력자는 많아졌지만, 지성을 가진 사람은 줄었다. 학생들에게 멋진 추억과 낭만과 지적인 채움을 주는 상아탑은 취업만이 중요한 우골탑이 되었고, 부모님의 소중한 돈을 빼앗는 등쳐족이 많아졌다. 책을 읽는 사람들은 많아졌지만, 자신만의 틀에 갇혀 편견과 선입견 속에 사는 사람들은 더욱 늘어났다. 평균 수명은 길어졌지만, 삶을 누리고 편안하게 남은 일생을 즐기면서 죽음을 준비하기는 훨씬 어려워졌다. 경쟁력은 높아졌지만, 그 경쟁에서 살아남아야 하는 부작용과 고통, 피로감을 견디기는 어려워하고 힘들어한다. 화려함과 겉치레가 넘쳐나는 사회일수록 소박함과 순수함 그리고 진정성은 더 높은 점수를 받을 수 있다.

오늘날 한국의 사람들은 무척이나 외로움과 고독감을 쉽게 느낀다. 그러한 감정을 느끼면서도 내가 먼저 다가가지 못한다. 두렵고 나를 먼저 떠나갈까 봐 두렵다. 그래서 누군가가 자신을 사랑해 주고 구원해 주기만을 바란다. 그래서 주는 사랑보다는 받는 사랑이 익숙하다. 내가 먼저 다가가는 것이 왠지 낯설고 어색하다.

최근 중학교에 방과 후 체육 활동, 스포츠 활동이 활발하게 이루어지고 있다. 하지만 청소년들의 평균 체력은 점점 떨어진다는 보도를 접한 적이 있다. 그 이유는 왜 그럴까? 운동의 한계점을 넘어야 그것이 우리의 체력이 되고 운동능력이 된다. 윗몸일으키기 30개가 최대치라면 거기서 한 개, 두 개, 세 개를 더해야 그것이 나의 체력을 늘려준다. 하지만 우리는 30개를 다 하고 운동을 했다고 한다. 이렇게 되면 더 이상의 나를 극복할 수 있는 기회를 갖지 못한다. 약간의 힘듦과 고통이 나에게 주는 것은 다음 나에게 더 큰 시련과 고통이 왔을 때 그것을 밟고 넘어설 힘이다. 마음이 우리의 몸을 움직이기도 하지만, 몸도 우리를 움직이게 한다. 몸과 마음이 분리된 것처럼 보이지만, 몸과 마음은 하나로 연결되어 있다. 움츠려 있는 동작을 취해보면 나도 무기력해지고, 의기소침해진다. 반면에 어깨를 확 펴고 당당하게 서있으면 나도 모르게 자신감이 생기고 활력이 생긴다. 몸과 마음이 하나이기 때문이다.

지금 약간의 실패와 고통이 있으면 안 된다고 생각한다. 하지만 우리는 그 실패와 고통에서 성숙하는 존재이다. 그 육체적인 근육과 마음의 근육이 생성되어야지만이 그 험난한 대한민국에서 살아남을 수 있을 것이다.

더 퀘스트의 『우리는 중국이 아닙니다』라는 책을 보면 중국의 젊은 청춘들에 대한 이야기가 나온다. 열정은 있지만, 사회주의 사회에서 태어나 자본주의 사회에 살아가는 젊은이들의 이야기가 대한민국의 청춘과 다르지 않다는 생각을 하게 된다. '출·퇴근족(上班族)'은 9시에 출근해 6시에 퇴근하며 직장의 규율이나 규칙에 억압받는 이들을 말한다. '딸기족'은 겉모습은 딸기처럼 산뜻하고 그럴싸하지만 속은 무른 사람들을 일컫는 말로 이 직업 저 직업을 옮겨 다니며 책임을 회피하는 부류를 뜻한다. '달빛족(月光族)'은 한 달 벌어서 한 달 안에 다 써버리는 부류를 말한다. '月'은 월급을 의미하며, '光'은 빛을 의미하지만

'다 써버린다'는 의미가 있어서 이 경우 후자의 의미로 사용한 것이다. '켄라오족'은 독립할 나이가 되어서도 독립하지 않고 부모에게 생계를 의존해 사는 이들을 말한다. 우리나라에 비유하자면 등쳐족 정도? 그리고 거의 모든 이들이 '뱅뱅족'이나 '녜녜족'에 속한다. 뱅뱅족은 극도의 스트레스에 억눌린 세대를 말하며 녜녜족은 극도의 스트레스를 풀지 못해 슈퍼마켓 등에 진열된 라면이나 과자를 고의로 부숴서 훼손시키는 이들을 의미한다.

불행한 사람들

SNS를 보면 해외여행을 옆집 가듯이 가는 사람들이 많아지고, 맛있는 음식을 먹기 전에 먹음직스럽게 다양한 소셜네트워크에 사진을 올린다. 나만의 시간을 즐기려고 여행을 가고 쉼을 선택하는 건지, 내가 하는 일과 하는 행동을 올리기 위해 여행을 가는지 알 수가 없다. 좋은 경치를 사진에 담고 오랫동안 추억하는 일은 좋은 일이다. 시간이 갈수록 우리에게 남는 것은 추억과 사진뿐이라고 했던가? 하지만 소통의 창고가 많아졌고, SNS 등 다양한 네트워크가 발달하고 있지만, 불행한 사람들은 더 많아지고 있다. 타인이 좋은 음식과 좋은 사진을 올리면 질투하거나 시기하는 것이 아니라 눈으로 예쁘고 아름다운 것을 같이 보자는 의미일 것이다. 자신이나 타인에 대해 긍정적으로 생각하기 시작하면 가장 행복한 자아에 훨씬 가깝게 다가갈 수 있지만, 불행한 사람들은 그렇지 않다. 가장 불행한 사람은 다른 사람들의 단점만 보는 사람이다. 그렇게 우리는 습관적으로 상대방의 장점과 좋은 점보다는 안 좋은 것, 잘못된 것만을 더 자주 본다는 것이다. '필리닷컴'이 불행한 사람들의 특징들을 소개했다.

첫째, 이루기 힘든 목표를 세운다. 목표가 현실적이지도 않고 이루기 힘든 것일 때 문제가 생길 수 있다. 목표를 이루지 못했을 때는 실망감만 남고, 성공의 기회가 없다. 목표는 구체적으로 나누어 세우고, 측정 가능한 목표, 행동 지향적인 목표, 현실적인 목표, 시간 제한이 있는 목표를 세우는 것이 좋다. 그 목표를 하나씩 하나씩 성취해 간다면 나의 자존감 또한 높아질 수 있다. 중요한 점은 작지만 이룰 수 있는 목표를 세우고 이를 달성하거나 초과했을 때 만족감을 느끼는 것이다. 기억해야 하는 것은 누구도 완벽하지는 않다는 것이다. 행복한 사람도 실패를 한다. 하지만 행복한 사람과 불행한 사람의 차이점은 불행한 사람은 실패 후 얻는 것이 없다. 누구나 삶을 살다 보면 내 앞에 나를 방해하는 걸림돌이 있다. 행복한 사람은 걸림돌을 디딤돌로 만든다. 행복(Happy)이라는 단어의 어원은 '행운' 또는 '기회'를 뜻하는 아이슬란드어 'happ'으로 haphazard(우연), happenstance(우연한 일)와 어원이 같다.

둘째, 자신의 처지를 너무 심각하게 생각한다. 인지치료에서는 비합리적인 신념이라는 것이 있다. 자신의 처지나 문제를 너무 심각하게 생각하는 사람들은 일반적으로 인생 또한 너무 심각하게 생각하는 경향이 있다. 살짝 뒤로 물러서서 자신과 인생의 잘못에 대해 웃어넘겨 보라. 생각만큼 상황이 끔찍하지는 않을 것이다. 이러한 비합리적인 신념에는 인정의 욕구(모든 중요한 타인에게 인정받고 사랑받는 것은 중요함), 과대한 자기 기대감(완벽해야만 가치가 있음), 비난 경향성(잘못된 일을 하는 사람들은 나쁘고 벌을 받아야만 함), 파국화 또는 좌절적 반응 경향(원하는 대로 되지 않으면 끔찍함), 정서적 무책임감(행복은 개인이 통제할 수 없는 외적 사건에 의해 유발된다고 생각함), 과잉 불안 염려(위협적인 사건에 대해 많이 염려해야 하며 그 사건이 일어날 수 있음을 지속적으로 유의해야 함), 문제 회피(어려움에 직면하기보다는 피하는 것이 상책이라고 생각함), 의존성(사람들은 그들이 의지할 만한 강한 사람들을 필요로 함), 무력감(과거 경험이 현재의 감정과 행동을 결정하며, 과거의 영향은 변화시킬 수 없다고 생각함), 완벽주의(모든 문제에는 반드시 올바른 해결책이 있다고 생각함)가 있다. 이러한 생각에 사로잡힐 때 나의 마음을 좀 느슨하게 만들 필요가 있다.

스트레스란 신체에 가해진 어떤 외부적 자극에 대해 신체가 수행하는 일반적이고 비특정적인 변화를 의미한다. 다시 말해 'Stingere(팽팽히 죄다, 긴장)'이라는 라틴어에서 스트레스 용어가 유래되었는데, 어느 날 인간에게 작용하는 다양한 압력을 의미한다고 볼 수 있다. 보통 역경, 고난, 시련 등을 지칭하는 용어로 널리 통용되고 있다. 하지만 스트레스가 꼭 나쁜 것만은 아니다. 나쁜 스트레스는 불안, 걱정, 짜증, 건망증, 주의집중을 곤란하게 만들고 우울하게 만든다. 과식과 과음을 하게 하고, 흡연, 사고, 자살률도 높인다. 하지만 건강한 스트레스는 정신-신경-면역을 강화시키기도 하고, 혈중 산소 농도를 증가하게 만든다. 또한 기분을 호전하게 만들기도 하고 변화와 발전을 위한 자극제가 되기도 한다. 이렇듯 삶을 살다 보면 누구나 스트레스에 직면하게 되는데 이것을 어떻게 극복하느냐가 우리가 바로 문제에 대처하는 방식이다.

셋째, 불행한 사람은 운동을 전혀 하지 않는다. 운동은 정신적으로나 육체적으로 수많은 유익한 점이 있다. 서울대 심리학과 최인철 교수의『굿 라이프』라는 책을 보면 행복한 사람은 행복한 활동을 자주 한다고 집필하고 있다. 행복 칼로리표라는 것을 통해 우리에게 행복을 주는 도구로 여행, 운동, 걷기, 수다, 종교 활동, 명상, 자선 활동 등을 얘기하면서 특히 땀 흘리는 운동과 산책의 중요성을 언급하고 있다. 운동을 하면 할수록, 자신에 대해 더 좋은 기분이 들고 더 건강한 생활을 할 수 있다. 운동하지 않는 것은 기분과 건강, 행복에 부정적인 영향을 준다. 운동은 뇌의 가장 고차원의 영역인 전두엽뿐만 아니라 신체 요소별 신경들을 강화시킨다. 운동이 우울증, 조울증, 치매 증상에 긍정적인 영향을 미친다는 연구는 이미 많이 이루어지고 있다. 우리의 생각과 느낌은 잘 변하지 않는다. 그러나 몸을 움직이고 행동으로 변화하면 우리도 행복의 길로 들어설 수 있다.

넷째, 건강에 안 좋은 음식을 자주 먹는다. 세상이 급해지고 바쁜 사람들이 넘쳐나는 요즘, 편의점의 다양한 도시락이 유행하고 있다고 한다. 칼로리는 높고, 영양소는 적다. 이러한 인스턴트 음식이나 패스트 푸드를 정크 푸드라고 하는데 백과사전을 찾아보면 뜻은 이렇다. "Junk food, 쓰레기 음식, 잡동사니 음식". 충치를 유발하는 당분이 많이 첨가되어 당뇨의 원인이 되거나 지방, 염분 등과 같은 식품 첨가물을 많이 포함하고 있어 성인병, 비만을 유발하는 등의 건강에 좋지 않은 음식도 포함한다. 대표적인 정크 푸드로는 탄산음료, 감자튀김, 햄버거 등이 있다.

불행한 사람들은 건강에 해로운 음식에 빠져있는 경우가 많다. 건강에 좋은 음식을 먹어야 기분이 좋아지고 더 많은 에너지를 갖게 되며, 육체적 건강도 향상된다. 일본 오사와 히로시의 책인『먹고 싶은 대로 먹인 음식이 당신 아이의 머리를 망친다』라는 책에서는 영양이 두뇌에 미치는 직접적인 영향에 대해서 제대로 알지 못하기 때문에 함부로 먹이는 것을 지적하고 있다. 시간에 쫓기고 힘에 부치지만 그래도 굶기는 것보다는 먹이는 게 나을 것 같아서 부모들이 아이들에게 사 준 음식이 내 아이의 머리를 병들게 하고 있다고 언급하고 있고, 갈수록 짜증이 많고 난폭한 아이로 변하고 있다고 지적하고 있다. 이 책은 패스트 푸드와 인스턴트 식품 등 정크 푸드가 얼마나 우리 아이의 머리를 망치는지 낱낱이 파헤친다. 또한 영양요법으로 아이의 두뇌 건강을 회복한 실제 사례를 통해 건강하고 똑똑하게 아이를 키우려면 부모가 반드시 알아야 할 필수 건강상식을 담고 있으며, 학교 폭력 가해자 또한 아침에 끼니를 거르고 고혈당 상태임을 언급하면서, 음식의 중요성을 이야기하고 있다.

다섯째, 잠을 충분히 자지 않는다. 수면이 중요하다는 사실을 모두 알 것이다. 하루 동안 쉼 없이 움직인 몸과 마음에 쉼이 필요하기 때문이다. 수면량과 다음 날 얼마나 행복하고 생산적이 될 것인가가 일치한다. 잠자는 시간이 부족할수록 비만과 과체중의 위험은 증가한다. 그렇다면 이유가 무엇일까? 가장 직접적인 이유는 수면 부족이 포만감을 활성화하는 호르몬인 렙틴(leptin)의 수치를 떨어뜨리고, 식욕을 촉진하는 호르몬인 그렐린(ghrelin)의 수치를 증가시키기 때문이라고 한다. 다시 말해 수면이 부족할 경우 우리의 몸은 자연적으로 더 많은 칼로리를 섭취하려고 하는데, 이는 배고픔 때문이 아닌 수면 부족이 원인인 것이다. 운동은 수면을 촉진하는데, 운동을 적게 하는 사람일수록 열량 소모가 적어서 잠을 덜 자게 된다는 것이다. 또한 우울증으로 인한 비만은 수면 중 호흡 곤란의 원인이 될 수 있으며, 이는 곧 수면 부족으로 연결된다. 수면 부족은 고혈압, 2종 당뇨병, 심장마비, 뇌

졸중과 같은 질병들과 관련이 있으며, 비만은 이러한 질병들의 위험을 증가시킨다. 따라서 이상적인 체중을 유지하며 건강한 생활을 하기 위해서는 적당량의 수면을 꼭 취해야 한다. 최근 한국의 밤 문화가 많아지고 있다. 저녁 12시가 되어도 커피숍에서 지인들과 커피 한잔에 이야기를 즐긴다. "새 나라에 어린이는 일찍 자고 일찍 일어난다"는 말이 있듯이, 건강한 수면 습관이 행복한 삶에 중요한 요소이다.

여섯째, 스마트폰과 SNS에 너무 많은 시간을 쓴다. 한국 성인 남녀가 하루에 평균 3시간 스마트폰을 사용하고, SNS를 한 시간 이상 사용한다는 보도를 본 적이 있다. 소셜 미디어에 영혼이 사로잡혀 그들이 다른 사람에게 어떻게 보일까 하는 등의 쓸데없는 것에 너무 많은 걱정을 하는 경향이 있다. 그리고 다른 사람들이 올린 여행의 사진, 맛있는 먹을거리 사진 등을 보면서 괴로워한다. 이렇게 되면 그들 자신을 바라보는 시각에도 부정적인 영향이 미칠 수 있다.

일곱째, 일을 너무 많이 한다. 대한민국 남자가 가장 잘하는 것은 일이라고 한다. 가령 우리가 내일 죽는다고 한다면 '아, 일 좀 더 열심히 할걸' 이렇게 생각하는 사람이 과연 몇 명이나 있을까? 짐작하건대 아마 한 명도 없을 것이다. 좀 더 여행을 많이 할걸, 아니면 가족과 함께 좀 더 소중한 시간을 가질 걸 하는 후회를 할 것이다. 사람에게 궁극적인 가치는 돈, 지위, 권력과 같은 외부의 수단이 아니다. 바로 행복이다. 돈과 지위는 행복보다 하위에 있으며 내재하는 가치가 없다. 돈과 지위가 바람직할 수 있는 유일한 이유는 그것을 갖고 있거나 갖겠다는 생각이 결국은 긍정적인 감정이나 의미로 이어질 수 있기 때문이고, 그것은 바로 가족이 있어야 가능함이다. 너무 많은 일을 하는 사람은 그들 자신의 욕구를 소홀히 할 수 있다. 때때로 일에서 벗어나 휴식하는 시간을 갖고 자신에게 초점을 맞출 필요가 있다. 마지막으로 매사에 감사함을 모르고 자신의 마음에 미운 사람을 둔다. 불행한 사람들은 누군가를 미워하는 사람이 있는 경향이 있다. 그리고 매사에 감사함을 잃어버리고, 현재 자신의 삶에 불만을 토로한다.

우리 뇌는 '쾌락 적응'이라는 것에 반응한다. 예전에는 기쁨을 줬던 일들이 이제는 기쁨을 주지 않는다는 이야기다. 다시 말해 우리가 불행하지 않기 위해서는 현재 나에게 행복을 주는 일들, 그리고 기쁨을 주는 사람들에게 자주 표현하고, 내 마음에 미워하는 사람이 있다면 그 사람이 내가 되었든 다른 사람이 되었든 용서해야 한다. 용서라는 말이 그리 쉬운 일은 아니다. 하지만 우리가 누군가를 미워하게 되면 그 사람이 더 많이 생각나는 경우가 종종 있다. 마음을 열고 진정한 나의 행복을 위해 누군가를 미워하고 있다면 생각해 봐야 할 문제다.

내 삶이 너무 버거워하는 때가 있다. 그럴 땐 이렇게 생각해 보자. 오늘 하루를 무사히 보내 감사하다고. '가진 것이 없어.'라고 생각이 들 때, '나는 왜 이 모양이지?'라고 생각이 들 때 '미래를 꿈꾸고 있잖아.'라고. 주머니가 가벼워 움츠러들 때 길거리 커피 자판기 몇백 원짜리 커피의 따뜻함을 느껴보자. 이렇게 생각하지 못하는 이유는 우리가 살아 숨 쉬는 고마움을 때로 잊어버리고 있기 때문이다. 그냥 살아있기 때문에 내일을 오늘보다 더 나으리라는 희망을 생각한다면 우리는 행복하지 않을까? 어떻게 생각하는가에 따라서 인생의 방향과 결과가 달라질 수 있다. 긍정적인 생각으로 산다면 우리의 모습이 다른 사람에게 희망을 줄 수 있고, 내 삶도 희망적이게 된다.

뿌리가 깊은 나무 같은 마음

　　페이스북의 창시자 마크 주커버그는 다음과 같은 말을 남겼다. "뿌리 깊은 나무는 바람에 흔들리지 않는다. 심지를 굳게 하고 자신이 원하는 바를 따라 묵묵히 따라갈 뿐이다". 뿌리가 깊은 나무는 바람에 흔들리지 않는다. 큰 태풍이 와도 흔들림이 있을 뿐 부러지거나 꺾이지 않는다는 말이다. 어린 시절 구강 공격성을 건강하게 해결하지 못하고, 누군가를 향해 불특정 다수를 향해 언어적인 폭력을 행사하는 경우가 많아지고 있다. 마음의 풍요로움은 심적인 여유로 이어진다. 그래서 긍정적인 마인드가 사람들을 끌어당기고 좋은 일들을 만들게 된다. 니컬러스 크리스태키스의 『행복은 전염된다』라는 책을 보면 행복해지고 싶다면 행복한 사람 옆으로 가라고 전한다. 우리의 환경 중에서 우리에게 가장 강력한 영향을 미치는 게 뭐냐면 우리 주변에 있는 사람이다. 누가 옆에 있느냐에 따라서 우리의 인생이 달라질 수 있다는 것이다. "맹모삼천지교(孟母三遷之敎: 맹자의 어머니가 맹자에게 좋은 교육 환경을 만들어 주기 위해 세 번 이사한 일)"도 그런 가르침의

하나고, "근묵자흑(近墨者黑: 먹을 가까이하면 검어진다는 뜻으로, 나쁜 사람과 가까이하면 나쁜 버릇에 물들게 됨을 이르는 말)"도 그렇다. 또는 "근주자적(近朱者赤: 붉은빛에 가까이하면 붉게 된다는 뜻으로 주위 환경이 중요하다는 의미)" 말 역시 마찬가지다.

한 지역 공동체 사람들의 이 소셜네트워크를 분석한 결과 두 가지 패턴이 눈에 띈다. 첫 번째 패턴은 행복하지 않은 사람들은 자기들끼리 모여있다는 것이고, 행복한 사람들은 행복한 사람들끼리 모여있다는 것이다. 두 번째 패턴은 행복히지 않은 사람들 주변에 사람이 없다는 것이다. 이 연구로 밝혀낸 것은 내 친구가 행복하게 되면 내가 행복해질 가능성이 약 15% 증가한다. 내 친구의 친구가 행복하게 되면 내가 행복해질 가능성이 약 10% 증가한다. 내 친구의 친구의 친구가 행복하게 되면 내가 행복해질 가능성이 약 6% 증가한다. 이후 단계쯤 가면 그때야 영향력이 없어진다는 것이다. 그만큼 우리 주변에 누가 있느냐가 중요하다는 거다. 행복하게 삶을 살고 싶다면 긍정적인 사람, 행복한 사람 옆에 있어라. 이런 진취적인 사람들과 보내는 시간을 늘리는 것만큼 효과적인 방법이 없다. 주변 사람들이 행복하면 나에게 좋지만 내가 그 사람들을 행복하게 만들어 전염시켜 주는 주체가 될 수 있기 때문에 내가 행복한 사람이 되는 것은 나한테 좋은 것뿐만 아니라 다른 사람한테도 좋다는 것이다.

2023년 청소년들의 학교폭력 실태조사에 따르면 신체폭력의 피해자는 줄어들고 있지만, 언어적인 폭력의 피해자는 늘어나고 있다고 한다. 결국 우리는 누군가와 갈등이 생길 때 말로부터 공격이 가해지고, 언어로 공격을 행사하는 것이다. 내가 누군가로부터 언어적인 공격을 받

앉을 때 나도 언어적인 공격을 하게 되면 똑같은 사람이 되어버리고
만다. 세상에는 개에게 물린 사람이 너무 많다. 여기저기서 너무 많이
물려 나도 물 누군가를 찾는다. 그리고 그 사람에게 내가 그동안 받
아왔던 상처를 유감없이 되풀이한다. 「욕의 반란」이라는 지식채널 동
영상을 보면 욕을 할 때 사람의 침을 쥐에게 주사하니 쥐가 죽어버리
는 동영상을 본 적이 있다. 부정적인 이야기를 하거나 욕설을 할 때 우
리 침에는 미량의 독이 검출된다는 책을 본 적이 있다. 사람의 침은
결국 사람이 먹는다. 그렇다면 내 몸과 마음이 건강하기 위해서는 부
정적인 말보다는 긍정적이고 예쁘고 고운 말을 써야겠다.

향기로 말을 거는 꽃처럼

이해인

사람들에게서
어떤 부정적인 평가를 받았을 때

계속 누가 그런 말을 했을까?
궁리하면서 시간을 보내는 것은
어리석습니다.

자신에게 유일한 약으로 삼고

오히려 겸허하게 좋은 마음으로 받아들이면
반드시 기쁨이 따른다는 것을 잊지 마세요.

씀바귀를 먹을 수 있어야
그 후에 오는 단맛을 알지요.

꼭 도움이 필요한 상황에서
평소에 가까운 이가 외면하는 쓸쓸함.
결국 인간은 홀로된 섬이라는
생각이 새롭습니다.

다른 이들이 나에게 잘해
주었던 부분들을 더 자주 되새김하고,

누군가에게 내 쪽에서 못마땅한 일이
있을 때는 다른 이들이 그동안
말없이 인내해 준 나의 약점과 허물들을
기억하고 좋은 마음으로
참아내기로 해요.

언제나 눈길은 온유하게,
마음은 겸허하게 지니도록
노력하고 노력해요.

듣는 것이 중요한 이유

      남의 말을 경청하는 사람은 잔잔한 바다처럼 고요한 마음으로 수많은 사람을 포용한다는 말이 있다. 요즘은 교육의 기회가 많고, 정보의 홍수 속에 살고 있기 때문에 지식을 많이 알고 있는 사람들이 훨씬 많아졌다. 그렇기 때문인지 어디를 가도 자신의 주장을 펼치는 사람들은 많아진 반면, 누군가의 이야기를 잘 들어주고 공감해 주는 사람은 눈을 씻고 찾아봐야 할 정도이다. 경청이란 상대의 말을 듣기만 하는 것이 아니라, 상대방이 전달하고자 하는 말의 내용은 물론이며, 그 내면에 깔려있는 동기(動機)나 정서에 귀를 기울여 듣고 이해된 바를 상대방에게 피드백(feedback)하여 주는 것을 말한다. 이러한 효과적인 커뮤니케이션은 중요한 기법이다. 말을 하는 것보다 듣는 것이 3배 정도의 많은 에너지를 사용한다고 한다. 경청(傾聽)을 파자해 보면 사람의 머리를 상대방의 기울이고 귀가 임금이 되게 하여, 10개의 눈과 하나의 마음으로 집중해서 듣는다는 의미이다. 대화는 일방적인 일방통행이 아니라, 서로 주고받는 양방 통행이라는 것을 알아야 한다. 특히 부모·자녀 관계에서 부모는 대화라는 가정하에 혼자만의 잔소리로 30초면 끝날 이야기를 1시간이 넘도록 훈계를 해댄다. 어린 시절 누구나 경험해 본 이야기일 것이다. 학교에서도 듣기보다는 말하기, 읽기, 쓰기를 우선으로 가르친다. 안타까운 현실이다.

칭기즈칸은 "경청이 나를 가르쳤다."라고 하면서 자신이 위대한 장군이 될 수 있었던 것은 바로 부하들의 이야기를 잘 들었기 때문이라고 강조한다. 대화할 때 편안한 느낌이 드는 사람이 있다. 지적이나 평가를 하지 않고 있는 그대로 들어주기 때문이다. 그게 바로 경청의 힘이다. 귀로만 듣는 것이 아니라, 마음으로 들어주는 것, 집중해서 이야기를 들어주고 공감해 주는 것, 이야기를 모두 이해하고, '얼마나 고민이 컸니?' 하면서 들어주는 것이다. 경청이란 나의 모든 것을 제쳐두고, 자신의 시간을 상대방에게 선물해 주는 것이다. 누군가의 이야기를 들어줄 준비가 되어있는가? 당신은 그 사람의 최고의 상담사인 것이다. 영어 Listen의 알파벳이 모두 들어있는 단어는 바로 침묵을 뜻으로 가지고 있는 Silent이다. 진정한 듣기는 바로 내 이야기를 하는 것이 아니라 상대방의 눈을 보면서 고개를 끄덕이며 침묵하는 것이라는 거다.

우리는 가슴에 있는 이야기를 하면서 카타르시스를 느끼기도 한다. 카타르시스란 "영적으로 긴장에서 벗어나 정화되는 상태"를 의미한다. 이는 또한 콤플렉스나 두려움 등을 의식 차원으로 가져와 표현함으로써 떨쳐버리는 것을 의미하기도 한다. 기운을 북돋워 주거나 해결책을 제시하려하지 말고 그저 상대방의 말을 반복해 줌으로써 상대가 문제를 올바르게 표현하면서 인식하게 도와주면 되는 것이다. 우리는 공감해 주는 누군가에게 마음의 고통을 털어놓는 것만으로도 긴장된 상태에서 벗어나 상황을 해결하고 정리하면서 마음을 편하게 갖게 된다. 경청은 귀로만 하는 것이 아니다. 눈으로도 하고, 입으로도 하고, 손으로도 하는 것이다. 상대의 말에 귀 기울이고 있음을 계속 표현하라. 몸짓과 눈빛으로 반응을 보이라. 귀 기울여 들으면[以聽], 사람의 마음을 얻을 수 있다[得心].

미국의 저명한 정신분석학자인 칼 메닝거 박사는 이렇게 말했다. "듣는 일은 신비한 자력을 가진 창조적인 힘이다. 사람들은 자기 말을 잘 들어주는 친구의 곁에 머물고 싶어 한다. 누군가 우리말에 귀 기울여줄 때, 우리의 존재는 만들어지고 열리고 확장된다. 나는 이 진리를 깨달은 뒤부터 모든 사람에게 애정을 갖고 그들의 말에 귀를 기울인다. 처음에는 건조하고 하찮고 지루한 이야기뿐 일지 모르지만, 곧 그들은 거기의 마음을 담기 시작한다. 그리고 그때부터 놀랍고 생생한 자신의 진정한 모습을 드러낸다". 이제는 이 듣는 것의 힘을 알아야 하며, 그러한 경청이 기술들을 습관적으로 배우고 익혀야 할 때인 듯하다. 인간은 누구나 마음에 크고 작은 상처 하나씩을 간직하면서 산다. 그 상처를 누구에게나 말하지 못하고 우리는 마음의 벙어리로 살고 있다. 다시 말해 내 말에 따뜻하게 귀 기울여줄 누군가를 찾는지도 모른다. 상처를 치료해 줄 수 있는 것은 그 어떤 약도 아니고, 그 어떤 큰 것도 아니다. 바로 인간의 따뜻한 마음뿐이다. 누군가에게 따뜻한 마음으로 다가가 본 적이 있는가?

> "누군가가 내 말을 성의껏 들어준다고 느끼면 당장 눈가가 촉촉해
> 질 것이다. 그것은 기쁨의 눈물이자 내 감정과 입장을 알아준 것에
> 대한 감사이다." – Carl Rogers

행복하게 나이 드는 법

　　사람들은 나이를 먹으면서 행복할까, 불행할까? 한 연구팀이 제2차 세계대전과 한국전 참전용사의 행복지수에 대해 2천 명을 22년간 추적조사 한 것에 의하면 노년기의 행복지수가 40대보다 더 높다는 발표 보도를 본 적이 있다. 이러한 이유를 나이가 들면서 내가 기대하는 것과 욕심이 감소하기 때문이라고 밝히고 있는데, 현대인은 물질적으로는 윤택하지만, 행복도가 낮은 편이다. 그 이유는 바로 디딜방아 현상 때문이다. 디딜방아 현상은 아무리 밟아도 제자리인 디딜방아처럼 '가진 것'이 늘어나면 '가지고 싶은 것' 또한 늘어난다는 의미이다. 다시 말하면 현실과 기대 사이의 거리가 인생의 행복을 결정한다는 것이다. 그렇다면 우리가 행복하기 위해서는 삶의 패러다임을 바꿔야 한다. 어떠한 것을 많이 소유해야 만족하는 소유의 삶에서 만족을 많이 느끼는 존재의 삶으로의 변화이다. 현대인은 너무 많은 것을 소유하고 있다. 몽골인은 평균 소유물이 300개지만, 일본인은 6,000개라고 한다. 거의 20배가량 차이가 난다. 다시 말해 무언가를 소유한다는 것은 그것에 얽매인다는 의미이기도 하다. 최근 우리나라도 한 외제 차가 불에 많이 타 이슈가 되고 있는데 필자는 이 또한 다양한 기능을 가지고 있는 자동차가 그만큼 고장 날 확률이 높다는 것으로 생각한다.

연구에 의하면 행복을 결정하는 요소는 3가지가 있다. 가장 큰 부분은 부모로부터 물려받는 행복의 유전자 기질로서 50%를 차지하고 부유하거나 가난하거나, 건강하거나 건강하지 않거나, 외모가 잘생겼거나 잘생기지 못했거나, 결혼했거나 독신으로 살거나 등 삶의 환경적 차이는 불과 10%밖에 행복을 결정하지 않는다는 것이다. 나머지 행복을 결정하는 요소는 우리가 매일의 삶 속에서 행복해지려고 꾸준히 노력하고 실행하는 의도적 활동이 40%의 행복을 결정한다는 것이다. 행복에 대해 우리가 갖은 잘못된 생각은 다음과 같다.

첫째, 행복은 찾아야 한다고 생각하지만, 행복은 저 멀리 어딘가에 있지 않고 '우리 안'에 있다는 것이다.

둘째, 행복은 환경을 변화시켜야 얻을 수 있다고 생각하지만, 행복에서 환경이 차지하는 부분은 10%밖에 되지 않기 때문에 환경의 변화는 행복과 연관이 크지 않다는 것이다.

셋째, 행복은 타고난다고 생각하지만, 우리가 의도적 행동을 통해 유전적 구조를 극복하고 얼마든지 행복하게 살 수 있다는 것이다.

그러면 행복하게 나이 드는 사람의 공통점은 무엇일까? 또 행복하고 건강한 삶에는 어떤 법칙이 있을까? 이것을 알아보기 위해 하버드 대학교에서 72년 넘게 추적한 성인발달 연구에서 답을 찾을 수 있다. 이 연구를 바탕으로 하버드 의대 정신과 교수인 조지 베일런트 교수가 '행복의 조건'이란 보고서를 책으로 발간했다. 이 보고서는 1930년대 말 하버드 대학에 입학한 2학년생 268명, 가난하고 불우한 환경 속에서도 자수성가한 도시빈민층 남성 456명, 스텐퍼드 터먼 연구의 대상자 여성 천재 90명 등 총 814명의 전 생애를 통해 행복하고 건강하게 나이 드는 방법을 제시하고 있다. 이 보고서에 의하면 행복하게 나이 드는 방법은 첫째 노화에 대한 생각부터 바꾸어야 한다는 것이다. 베일런트 교수는 2년마다 연구 대상자들에게 똑같은 질문을 던진다. "당신을 아침에 빨리 일어나고 싶게 만드는 것은 무엇일까?"라고 하는데, 한 84세 노인의 대답은 "살고, 일하고, 어제까지 몰랐던 것들을 배우기 위해, 그리고 배우자와의 소중한 순간을 나누기 위해."라고 대답했다. 즉, 노화란 쇠퇴하는 것이 아니라 정서적으로, 또 사회적으로 계속 성장해 나가는 것이다. 사회학자 에릭 에릭슨은 "50세 이후의 삶은 아래쪽으로 향하는 내리막길이 아니라 바깥으로 뻗어가는 길"이라고 했다.

세상을 살다 보면 다양한 고통과 고난이 수반된다. 이러한 고난의 대처법은 성숙한 방어기제와 미성숙 방어기제로 나누는데, 미성숙 방어기제는 편견, 흠잡기와 같이 받아들이기 힘든 감정을 다른 사람에게 전가하는 투사, 자기 자신을 향해 매우 도발적인 방식으로 화를 푸는 사디즘, 마조히즘과 같은 수동 공격성 범죄행위, 아동학대, 과음, 무관심과 같은 행동화와 분열이다. 반면 성숙한 방어기제는 자기가 받고 싶은 것을 다른 사람에게 베풂으로 즐거움을 느끼는 것으로 이타주의가 있는데, 어린 시절 성적 학대를 받은 사람 중에는 다른 사람을 학대하려는 사람도 있지만, 반면 미혼모 보호시설이나 학대 피해자를 위한 전화상담소에서 봉사하는 사람도 있다. 성숙한 방어기제 두 번째는 찰리 채플린처럼 자신의 고통을 유머로 변화시키는 것이다. 세 번째는 자신의 실패와 고난을 예술적 창조로 갈등을 승화시키는 것이다. 대표적인 사람이 『해리포터』를 쓴 조앤 롤링이다.

그럼 행복하게 나이 드는 법을 자세하게 알아보자. 첫째, 가장 중요한 것은 누구나 세상을 살다 보면 고난을 맞이하는데, 고난과 고통이 많고 적은가보다는 어떻게 고난에 대처하는지 본인의 자세가 중요하다. 남부러울 것이 없는 조건에서도 불행한 사람이 있고, 반면 고생스러운 조건에서도 행복한 사람이 있다. 그 차이는 그들의 고난에 대처하는 방법이 다르다는 것이다. 삶은 고통이 없는 것이 아니라 그 고통을 얼마나 참고 견디느냐의 문제이기 때문이다. 행복하게 나이 드는 법 두 번째는 평생에 걸친 교육이다. 교육의 정도와 계속해서 배우는 사람은 자기관리와 자기절제를 키워주기 때문에 건강을 지켜주고 행복도를 높여준다. 장수인의 공통점은 항상 머리를 쓰고 있다는 것이고, 새로운 것을 배우지 않고 살던 대로만 사는 사람은 결국 외톨이로 전락한다. 행복하게 나이 드는 법 세 번째는 안정적인 결혼 생활이다. 세계 가치조사 46개국에서 1981년부터 4차례에 걸쳐 조사한 바에 의하면 행복에 영향을 주는 가장 중요한 부분은 가족 관계라는 것이다. 조지 베일런트 교수도 "인생의 말년을 불행하게 만드는 것은 경제적 빈곤도 있지만, 사람의 빈곤이 더 크다."라고 하였다. 배우자와의 관계는 삶의 질에 결정적인 역할을 하며, 부부는 서로에게 최고의 친구가 될 필요가 있다. 젊을 때 뜨거웠던 애정의 자리를 나이가 먹을수록 우정이 대신하는 것이 이상적이다. 부부는 상대 입장에서 생각하는 것이 중요하고, '상대방에게 무엇을 받을까?'보다 '내가 상대방에게 무엇을 해줄까?'를 고민하고 무언가를 해줄 때는 조건 없이 해주어야 좋은 부부 관계를 유지할 수 있다. 나이가 들어갈수록 할아버지에게 꼭 필요한 사람이 5명 있다고 한다. 첫째는 여보, 둘째는 임자, 셋째는 마누라, 넷째는 할멈, 다섯째는 친구이다. 모두 배우자를 뜻하는 말이지만 의미가 있는 말이다.

말년 운은 자녀 운이라는 말이 존재하는데, 자녀와의 좋은 관계를 위해서는 시간 공유가 필수이다. 로버트 라이시 전 미 재무장관은 다음과 같이 말했다. "아이들은 조개 같아서 평소에는 껍데기를 닫고 딱딱한 모습을 보이지만 속은 더없이 연약하고 상처받기 쉽다. 예기치 못한 순간 껍데기를 열 때가 있는데 그 순간 그 자리에 있어야 한다. 아이들이 원하는 것은 시간이다". 가장 중요한 것은 아이들과 무언가를 함께하는 것이다.

나머지 행복하게 나이 드는 법은 45세 이전의 금연, 알코올 중독 경험 없는 적당한 음주, 규칙적인 운동, 적당한 체중이다. 이 행복의 조건은 너무 평범하고 일상적인 것으로 보이지만 과연 우리는 몇 가지를 갖추고 있는지 스스로 체크해 봐야 한다. 50세를 기준으로 7개 항목 중 5~6개 이상을 갖추고 있던 사람 106명 중 50% 이상이 80세에도 행복하고 건강하였고, 불행하고 병약한 사람은 7.5%에 불과하였다. 3개 이하의 항목을 갖추고 있던 사람은 80세에 건강하고 행복한 사람은 아무도 없었다고 한다. 그리고 4가지 이상을 갖춘 사람보다 3개 이하를 갖춘 사람의 80세 이전 사망 확률이 3배 높았다고 한다. 따라서 행복은 운명이 결정하는 것이 아니라 사람의 힘으로 통제할 수 있는 행복의 조건을 50세 이전에 얼마나 갖추느냐가 행복을 결정한다고 할 수 있다.

최근 고령의 인구가 늘어나고 있고, 또 노후를 건강하고 아름답게 살고 싶은 사람들이 많아졌다. 예전에는 의료계의 발달이 더디었고, 생활이 어려워 각종 질병에 취약한 시절에는 평균 수명이 60세도 채 되지 않았지만, 최근은 평균 수명이 80세를 넘기고 있는 실정이고, 앞으로 120살까지도 살게 되는 시대가 도래하면서 사람들이 노후에 관심이 많아지고 있다.

웰다잉은 삶을 정리하고 죽음을 자연스럽게 맞이하는 행위로, 넓게는 무의미한 연장 치료를 거부하는 존엄사를 포함하는 개념으로 사용된다. 백과사전에 따르면 웰다잉(Well Dying)은 살아온 날들을 정리하고 죽음을 준비하는 행위를 일컫는다. 고령화와 가족 해체 등 여러 사회적 요인과 맞물려 등장한 현상이다. 노인 1인 가구 증가로 가족의 도움 없이 죽음을 맞이해야 한다는 의식이 퍼지고 있다. 고독사가 늘고 있는 것도 이러한 1인 가구 증가로 원인이 있다고 보인다. 건강 검진 등으로 고독사를 예방하고 그동안의 삶을 기록하거나 유언장을 미리 준비하는 등의 행위를 통해 웰다잉을 실천할 수 있다. 웰다잉에 대한 관심이 늘자 기업과 복지관 등에서는 비문 짓기부터 사후 신변 정리까지 웰다잉을 위한 다양한 프로그램과 서비스가 등장하고 있다. 넓은 의미에서 웰다잉은 존엄사나 무의미한 생명 연장을 거부하는 DNR 등을 포함하는 개념으로 사용되기도 한다. 존엄사는 회복할 가능성이 없는 환자에 대해 인공호흡기 등 연명치료를 중단하고 자연적 죽음을 받아들이는 것을 말한다. 한국에서 존엄사는 2009년 대법원이 처음으로 인정한 바 있다. 대법원은 해당 판결에서 무의미한 연명치료는 오히려 인간의 존엄과 가치를 해하는 것이며, 회복 불가능한 환자의 자기 결정권을 인정해 연명치료 중단을 허용할 수 있다고 말했다. 다만 갑작스러운 질병 악화로 의식불명이 된 환자의 경우 본인이 아닌 가족에 의해 존엄사 선택이 이뤄질 수 있어 논란의 여지가 있다.

사전연명의료의향서라는 것이 있는데 이것은 임종 과정에 있는 환자(회생의 가능성이 없고, 치료에도 불구하고 회복되지 않으며, 급속도로 증상이 악화하여 사망이 임박한 상태라고 담당 의사와 해당 분야의 전문의 1명이 판단한 사람)가 자신의 의사결정 능력이 상실되었을 경우를 대비하여 건강할 때 무의미한 연명 의료 및 호스피스에 의향을 서면으로 남겨놓는 것을 말한다.

좋은 죽음, 존엄한 죽음을 맞이하기 위한 준비이며, 생의 마지막 단계에 자신의 의사에 따라 인간의 존엄성을 유지하며 품위 있는 죽음을 받아들이고자 하는 것이다. 누구나 사람은 태어나서 죽게 되어있다. 죽기 전에 우리가 가족에게 많은 짐을 주지 않고 나 또한 갑작스러운 죽음 앞에서 건강하게 삶을 마감해야 한다는 것에서 웰다잉은 출발한다. 이러한 것들을 잘 실천하기 위해서는 나만의 버킷리스트를 작성해 보고 실천하기, 나의 건강 체크하기, 법적인 효력이 있는 유서 쓰기, 자서전 써보기, 자원봉사 하면서 나만의 존재 가치와 의미 새기기, 주변에 빚을 진 사람에게 마음 전달하기 등이 중요한 요소가 될 것이다.

인생의 네 가지 길

첫째 인생은 독행(獨行)의 길이다. 혼자만의 길이다. 현대인의 가장 큰 비극은 외로움이라는 말도 있다. 사랑하는 사람을 만나 결혼을 하고 토끼 같은 자식을 얻는다. 하지만 살다 보면 묵묵히 앞을 향해 혼자만 걸어가야 할 길이 나온다. 나만이 가야 하는 길이다. 몸이 너무 아파 움직일 수가 없다. 하지만 가족이 옆에서 도움을 줄 수는 있다. 그러나 나 대신 아파해 줄 수는 없다. 결국 나만이 해결해야 할 문제가 있다는 것이다. 일본의 미야모토 무사시 작가가 쓴 『오륜서』에는 다음의 것들을 강조하면서 독행 도를 언급하고 있다. "세상의 도리를 거스르지 않는다. 모든 것에 대해 편애하는 마음을 갖지 않는다. 육체적인 낙을 삼간다. 일생 동안 욕심을 부리지 않는다. 선악에 대해 남을 원망하지 않는다. 매사에 후회하지 않는다. 이별을 슬퍼하지 않는다. 서로 원한을 살만한 구실을 만들지 않는다. 연모의 정을 기르지 않는다. 매사에 좋거나 나쁘게만 생각하지 않는다. 거처할 집을 원하지 않는다. 오래된 도구를 지니지 않는다. 내 한 몸을 위한 사치스러운 음식을 좋아하지 않는다. 나의 것을 훔친 사람을 미워하지 않는다. 병자기 이외에 자신만의 도구를 고집하지 않는다. 도에 관한 것이라면 죽음을 두려워하지 않는다. 노후를 위해 재물을 축적하지 않는다. 산불을 모시나 의지하지 않는다. 마음은 항상 병법에서 떠나지 않는다." 라고 하는 것들이 이것이다.

영어로 Loneliness는 외로움, 고독, 쓸쓸함이라고 해석을 한다. 반면에 Solitude는 혼자 느끼는 즐거운 고독 정도의 해석이 될 것이다. Loneliness가 정서적, 감정적 상실감의 표현이라면, Solitude는 나를 성찰하고 되돌아보는 혼자 있는 시간을 의미한다. 사람들은 대부분 홀로 남겨지는 것이 두려워서 다른 사람들과 어울리려 한다. 그들은 사람들과 어울리고 있다고 생각하겠지만 실은 그 소중한 시간을 낭비하고 있는 것이다. 분명한 것은 큰 업적을 남기고, 인생에서 성공이라는 것을 맛본 사람들은 하나같이 불특정 다수와 어울리고 무리 지어 무언가를 하는 사람들이 아니었다는 사실이다.

요즘 사람들은 혼자 있는 것을 두려워하고 무서워하는 것 같다. 그래서 내 곁에 사람이 없으면 불안해하는 '불안 증후군'이라는 말이 생길 정도이다. 진정한 모든 것은 내가 혼자 있을 때 나오는데도 말이다. 내가 원하지 않는 고독에 빠지면 외롭고 쓸쓸한 기분이 든다. 하지만 내가 적극적으로 그 고독에 직면하면 사람은 강해진다. 모든 사람이 부러워할 만한 일을 하고 있는 사람이라면 분명 혼자 있는 시간에 무엇을 해야 하는지, 모든 사람과 잘 지내 보여도 젊은 시절에 몇 년 정도는 치열하게 고독의 시간을 경험했을 것이다.

둘째, 인생은 동행(同行)의 길이다. 혼자 가는 길은 너무 멀고 험하다. 하지만 옆에 있는 사람과 함께 가면 그 길이 외롭거나 두렵지 않다. "서울에서 부산까지 가장 가깝게 갈 수 있는 길은 바로 사랑하는 사람과 함께 가는 것이다."라는 말이 있다. 인생에서는 동반자요, 불교에서는 도반(道伴)이라 부른다고 한다. 뜻은 "함께 수행하는 벗, 불법(佛法)을 닦으면서 사귄 벗"이라는 말이다. 기쁨을 나누면 배가 되고, 슬픔을 나누면 절반이 된다는 말이 있다. 이처럼 우리는 동행을 중요시해 왔고, 또 함께하는 사람의 중요함을 잘 알고 있다. 필자가 좋아하는 최성수 가수의 「동행」이라는 노래에 보면 이런 글귀가 나온다. "누가 나와 같이 함께 울어줄 사람 있나요. 누가 나와 같이 함께 따뜻한 동행이 될까 사랑하고 싶어요. 빈 가슴 채울 때까지 사랑하고 싶어요. 사랑하는 날까지 누가 나와 같이 함께 울어줄 사람 있나요. 누가 나와 같이 함께 따뜻한 동행이 될까."

어쩌면 평생 이러한 동행자를 만난 사람은 행복이라는 주관적 안녕감을 맛본 사람일 것이다. 인생의 동반자는 내가 만나고 못 만나고가 아니라고 생각한다. 동반자는 내 옆에서 함께 있어주고 함께 살아가는 존재이다. 다시 말하면 동반자는 내가 찾느냐 못 찾느냐의 문제가 아니라 내가 동반자를 만드느냐 못 만드느냐의 문제인 것이다. 평범한 진리처럼 이 또한 답은 내가 가지고 있고, 패를 내가 갖고 있는 것이다. 우리에게 위안을 주는 것은 누군가와 그리고 무언가와 연결되어 있다는 느낌이다.

마더 테레사 수녀가 한 말이다. "가장 무서운 병은 한센병이나 암이나 결핵 같은 것이 아니다. 가장 무서운 병은 누구도 자신을 필요로 하지 않고, 누구도 자신을 사랑하지 않으며, 모든 사람이 자신을 외면하고 있다고 느끼는 고독감이다."라고 하였다. 우리는 혼자서는 살아갈 수도 없고, 또 누군가와 함께여야만 삶이 가치가 있는 것 아닐까?

셋째, 인생은 고행(苦行)의 길이다. 삶은 살아있는 것만으로 고통인 경우가 있다. 아니 정확히 말하자면 인생은 고통의 길이다. 결국 이러한 삶은 고통이 없는 것이 행복한 것이 아니라 어쩌면 그러한 고통을 얼마나 참고 견디느냐의 문제라는 것이다. 삶은 답이 없다. 정답이 없기 때문에 우리는 또 다른 무언가의 희망을 찾아 열심히 노력하고 정진하는 것이다.

넷째, 정행(正行)의 길이다. 고불고불 돌고 도는 기찻길처럼 만나진 않지만, 평생 선을 긋듯이 가야만 하는 길, 만나고 싶지만 만날 수 없는 길, 두 길이 있어야만 기능을 하는 길, 자신이 원하는 삶의 방향으로 살아가는 하나의 길과 사소한 일상에서 의미를 느낄 수 있는 길이 함께 가야 진정한 삶이라는 것도 길의 기찻길이 주는 교훈이다. 그 길은 우리가 가야만 하는 길이다. 다양한 길을 만나도 정지선을 지키고 신호등을 지키면 목적지에 도달하는 것처럼 가야만 하는 길이기에 가는 길이다.

오늘은 내가 살아온 날의
마지막 날이자, 살아갈 날의 첫날

　　오늘 하루를 마지막처럼 산다는 것은 쉬운 일이 아니다. 하지만 그렇게 살아간다는 것은 의미 있는 일이다. 싸운 누군가와 화해를 하고 잠을 자고, 누군가에게 감사함을 표현하고 용서받을 사람에겐 용서를 구하고 잠을 청해야 하기 때문이다. 그래야 아침에 일어날 때 기분이 가볍다. 그리고 만에 하나 저녁녘에 무슨 일이 있어도 미안해하지 않아도 되기 때문이다. 하루하루를 열정적으로 살아왔다. 그리고 살아가고 있다. 남들은 주말에 쉼을 맞이하고, 피서를 위해 멋진 해변에 가서 좋은 사람들과 함께한다. 하지만 그게 그렇게 쉬운 일만은 아닌 것 같다. 사람들은 무한한 시간이 있는 것처럼 삶을 살아간다. 바쁘다고 하면서 말이다. 하지만 시간은 우리에게 그렇게 많지 않다. 누군가 그랬다. 아무것도 하지 않기에는 시간이 너무 많지만, 목표를 설정하고 무언가를 이루기에는 시간이 너무 짧다는 것이다.

　　사람들은 시간을 속도에 비유한다. 20대는 20km로 세월이 지나가고, 30대는 30km, 40대는 40km로 간다는 것이다. 물론 그 말에 동의하지 않는 것은 아니다. 하지만 하루를 1시간 단위로 끊고 또 30분 단위로 끊으면 해야 할 일이 정말 많다. 그리고 나에게 시간이 많다는 것도 느낀다. 나는 다음 세상에 태어나도 이번 세상에서 산 것처럼 살고 싶다는 생각을 자주 하곤 한다. 물론 힘이 든다. 무언가에 몰입하고 항상 무엇을 준비해야 하는 것은 상당한 부담감을 주기도 한다. 그런데 그러한 것에서 다른 사람들이 느끼지 못하는 희열이 있고 기쁨이 있다. 다른 사람 앞에 서는 사람은 무언가가 달라야 한다고 생각한다. 철저한 고립을 통해서 강의 준비를 하고 사람들의 가슴에 불을 지피는 일이 바로 강사라는 직업이기 때문이다.

사람들은 성공한 사람들은 하루아침에 성공한다고 믿는다. 아니 또 다양한 방송에서 화려한 모습만 보여준다. 하지만 그런 사람들의 공통점이 있다. 그건 바로 다른 사람들이 모르는 철저한 외로움과 엄청난 피와 눈물을 흘렸던 시간이 있었다는 것이다. 졸린 눈을 비비고 일어나 글을 쓰고, 또 자신이 해야 할 일을 묵묵히 해나가는 사람들, 좋은 음식과 맛있는 음식을 만들기 위해서 몇 번, 몇천 번의 실패를 거듭하고 거듭해 맛있는 음식을 만드는 사람들, 엄청난 땀방울을 흘리며 올림픽에서 금메달을 따는 선수들. 이들은 모두 자신과의 싸움과 하루를 마지막처럼 열심히 살았기 때문에 그러한 최고의 경지에 오를 수 있었을 것이다. "꿈을 꾸면 마침내 그 꿈을 이룬다."라는 말이 있다. 하지만 내가 더 좋아하는 말이 있다. 앙드레 먼로가 한 말이다. "꿈을 꾸면 마침내 그 꿈을 닮아 간다."라는 말이다. 뚜렷한 목표를 가지고 전진하다 보면 지금 내 앞에 있는 약간의 외로움, 그리고 약간의 배고픔은 그저 중요한 일이 되지 않는다는 것이다. 내가 해야 할 일이 있고, 더 중요한 일이 있기 때문이다.

이제 우리는 하루가 마지막인 것처럼 열심히 살아야 할 때가 되었다. 대충대충 살다가는 정말 대충대충 삶을 마감한다. 부모님이 소중하게 지어주신 이름에 걸맞게 살기 위해서는 그러한 자세가 필요하다. "호사유피 인사유명(虎死留皮 人死留名)"이라는 말을 아는가? 호랑이는 죽어서 가죽을 남기지만, 사람은 죽어서 이름을 남긴다는 말이다. 어차피 태어난 인생, 한 분야에서 내 이름을 남기고 간다는 것은 참 멋진 일이 아닌가 싶다. 사람은 태어나 결혼을 하고 자녀를 양육하면서 삶을 살아간다. 물론 옆에 있는 배우자와의 관계도 중요하고, 자녀에게 사랑을 주고 사랑을 받는 것도 중요하다. 하지만 무엇보다 중요한 것은 내가 온전히 삶을 살아가면서 세상에 존재하는 것이다. 내가 스스로 온전히 설 수 있을 때 가족도 있다. 하루는 아침이 있고 저녁 있다. 아침이 있는 이유는 새롭게 하루를 시작하라는 의미일 것이고, 저녁이 있는 이유는 의미 있는 하루를 잘 정리하라는 의미일 것이다. 인생도 참 이와 많이 닮아있다. 아침처럼 맑고 개운한 날이 있는가 하면 어두운 저녁처럼 나에게 무언가 힘이 들고 정리해야 하는 것들이 있을 수 있다. 우리 마음도 정리가 필요하다.

우리의 마음속에는 많은 서랍장이 있다. 집에서의 서랍장, 직장에서의 서랍장, 또 누군가와 타인에 대한 서랍장 그러한 서랍장이 동시에 열리면 곤란하다. 집 안에 있을 땐 집안 고민의 서랍장만 열려야 좋다. 직장에 있을 땐 직장의 서랍장만 열려야 좋다. 내 앞에 누군가가 있을 땐 그 사람과의 서랍장만 열리면 좋다. 하지만 우리는 동시에 모든 서랍장을 연다. 가정에 있을 땐 직장의 서랍장을 열고 직장에 있을 땐 가정의 서랍장을 연다. 바로 지금의 집중하지 못하는 것이다. 티베트 속담에 이런 말이 있다. "걱정해서 걱정이 없어지면 걱정이 없겠네". 티베트의 유명한 속담이다. 우리는 실제로 이런 하지도 않을 많은 것을 고민하면서 산다. 그런데 2분 동안 고민해도 해결책이 나오지 않는 것은 더 고민하지 않는 게 좋다. 그것을 메모로 적어두고 나중에 고민해도 된다는 것이다. 이것을 '고민의 시각화'라고 정의한다. 나만의 고민 상자에 메모하거나 기록해 두고 내 머릿속에서 지우는 것이다. 삶은 단순하다. 아침이 오면 저녁이 오고 봄이 가면 무더운 여름이 온다. 찌는 듯한 한여름이 가면 수확의 계절 가을이 온다. 가을이 지나면 추운 겨울이 온다. 세월은 이렇게 시간이 흘러가듯 자연스럽게 가는 것이 좋다.

인생은 그런 것이다. 바로 하루 한 시간 한 시간 주어진 삶에 감사하며 목표를 이루는 삶이 어쩌면 가장 중요하면서도 소중하고 가치 있는 삶이다. 오늘은 내가 살아온 날의 가장 마지막 날이지만, 앞으로 살아갈 날의 첫날이고, 가장 젊은 나이이기 때문이다.

내 삶의 주인공은 나

　　혼자 있는 걸 견디지 못하는 사람들이 많다. 하지만 혼자 있는 시간은 참 중요하다. 많은 사람과 함께 있을 때도 중요하지만, 혼자 있을 때 어떤 생각을 하며 무엇을 하고 무엇을 위해 노력하고 있는가가 정말 중요하다. 혼자 있는 시간에 무언가에 몰입하고 땀 흘리고 독서를 하고 이러한 것들을 가르쳐야 하는 건 바로 어른이다. 하지만 어른들은 강제적으로 아이들에게 무언가를 시킨다. 항상 감시해야 하고 옆에서 시켜야만 하는 아이가 되어버린다. 그런 아이들이 어른이 되지 않았을 때는 상관이 없다. 하지만 어른이 되어서 누군가가 옆에서 시키지 않으면 무엇을 해야 하고 또 어떤 거를 생각해야 하는지 불안해한다. 수동적인 삶을 살아야 편하게 되고, 옆에서 누가 다그치지 않으면 불안해하면서 뭐를 어떻게 해야 할지를 몰라 쩔쩔맨다.

　　주도적인 삶을 살기 위해서는 스스로 무언가를 실천하고 계획하고 실패하는 연습이 필요하다. 그래야 성인이 되어서도 혼자 있는 시간을 유용하게 슬기롭게 보낼 수 있게 되기 때문이다. 혼자 있는 시간에는 독서를 하는 건 참 좋은 습관 중의 하나이다. 독서 습관이 있다는 것은 다양한 친구들, 다시 말하면 나보다 좀 더 나은 삶을 살고 있는 친구, 선배, 선생님들과의 대화이기 때문이다. 그리고 앉아서 할 수 있는 여행이기도 하다. 그런 습관을 가르쳐 주기 위해서는 무엇보다 선생님으로서 부모로서 모범이 되어야 한다. 그런데 그런 모범을 보이기 위해 하는 것이 아니라 내가 정말 원하고 좋아하는 모범이 되어야 한다는 것이다. 다시 말해 내가 좋아해서 해야 하는 것이다. 내가 공부하는 모습을 보여주고 책 읽는 모습을 보여주고 있는데도 내 주변 친구들이나 아이들은 책을 읽지 않는다고 말한다. 말 그대로 보여준 것뿐이다. 하는 척했다는 것이다. 억지로 하는 사람은 표가 난다. 얼굴이 굳어있고 얼굴에 활기가 없다. 짜증 나는 표정으로 한다. 하지만 즐거워서 하는 사람은 얼굴이 밝다. 긍정적이다. 자신감이 넘치고, 의욕적이다.

내 삶의 주인공으로 살기 위해서 필자는 세 가지가 가장 중요하다고 생각한다. 그중에서 가장 중요한 건 사랑이다. 내가 누군가를 조건 없이 사랑하고 누군가로부터 조건 없는 사랑을 받는다는 느낌이 든다는 건 정말 삶에서 중요하다. 우리가 어린 시절 누군가와 마음을 나누고 사랑을 하다 헤어짐이라는 선택이 왔을 때 가족을 잃은 고통과 같다고 한다. 이렇듯 우리는 사랑하는 사람과 함께 있을 때 가장 살아있음을 느낀다. 집착적인 사랑이 아니라 조건 없이 사랑하는 것, 그리고 서로 어쩔 수 없이 헤어지게 되더라고 그 사람의 행복을 위해서 뒤에서 묵묵히 바라봐 주는 것도 진정한 사랑이 아닐까?

두 번째로 중요한 것은 바로 직업이다. 직업은 내가 무언가를 몰입하게 할 수 있고 삶을 살면서 유능함을 느낄 수 있는 길이기 때문이다. 상담에서도 위기 상담이 있다. 바로 직장을 잃었을 때이다. 그렇기 때문에 우리는 죽을 때까지 내가 잘할 수 있는, 그리고 몰입할 수 있는, 유능함을 나타낼 수 있는 직업이 필요하다. 젊은 사람은 힘쓰는 일을 하는 것도 괜찮고, 나이가 들어 힘이 없으면 지혜를 쓰는 일도 괜찮다. 내가 좋아하는 일을 그리고 잘할 수 있는 일을 하면 부수적인 보수는 당연히 따라오기 마련이다.

우리가 살고 있는 시대는 100세 시대라고 한다. 60세까지 일하고 40년을 쉬는 발상이 아니라, 지속해서 할 수 있는 일을 갖는 것이 중요하다. 일할 때는 일만 죽어라 하고 여생을 쉬면서 살아야겠다고 생각하는 것은 자칫 위험한 발상일 수 있다. 하루하루의 삶이 일과 여가와 여유가 조화를 이루어야 한다는 것이다. 대나무가 휘어짐이 없이 하늘 높이 솟아있을 수 있는 이유는 바로 마디가 있기 때문이고, 우리 삶에서 그 마디는 바로 쉼이고 여유고 정지이기 때문이다.

내 삶에 주인공으로 살기 위한 가장 마지막 일은 바로 친구와 우정을 나누는 일이다. 내가 정말 힘들거나 누군가와 이야기를 하고 싶을 때, 그리고 내 이야기를 들어줄 누군가가 필요할 때 친구가 내 옆에 있다는 건 내 옆에 상담사가 있는 것이다. 내가 필요할 때만 찾는 친구가 아니라 막걸리 한잔 기울일 수 있고 마음을 나눌 수 있는 친구가 내 옆에 있다는 것은 정말 중요하다. 그런데 우리는 아무에게나 그러한 마음을 나눌 수가 없는 것이 현실이다. 내가 이렇게 힘들고 어렵게 삶을 살고 있고, 경제적인 여유가 생겼다고 치자. 며칠 뒤에 그러한 소문이 사람들에게 돌고 돌아 내가 자랑을 하는 사람이 되어버린 적이 있는가? 또 내가 이렇게 힘들고 어렵게 생활하고 있고, 배우자가 나를 힘들게 하고 장인어른, 장모님이 나를 힘들게 한다고 내 마음을 알아달라고 이야기했더니, 돌고 돌아 그것이 나의 약점이 되어버린 적이 없는가?

계란은 밖에서 누군가가 깨면 달걀부침이 되고, 내가 직접 알을 깨고 나오면 병아리가 된다. 세상을 내가 자유 또는 자율의 상태로 산다는 것은 그만큼 어려우면서 중요하다. 내가 어떤 회사에서 사원으로 일할 것인지 아니면 회사를 경영할 것인지를 결정하는 게 중요하다. 내가 나를 위해 살지 않으면 나는 누군가를 위해 일하게 되기 때문이다. 내가 내 삶의 주인공으로 산다는 것은 어쩌면 더 많은 노력을 해야 할지도 모른다. "미치지 않으면 미치지 못한다."라는 말이 있다. 내가 무언가에 몰입하고 열심히 노력하지 않으면 도태된다는 말이다. 세상을 살면서 미쳤다는 말을 단 한 번도 들어보지 못한 사람은 무언가를 열심히 노력한 적이 없다는 말이다. 내 삶에 주인공으로 살기 위해서는 미쳐야 한다. 내 삶에 미쳐야 하고, 내 삶에 주어진 모든 것들에 미쳐야 한다. 즐기는 삶이 좋고, 즐기면서 살아가고 싶다고들 말한다. 천만의 말씀이다. 세상을 즐기면서 사는 사람은 둘 중 한다. 진짜 목표가 없거나 올라갈 수 없는 나를 합리화하는 것이다. 세상에 성공한 사람들은 죽을힘을 다해 그것들을 했을 것이다. 내 삶에 주인공으로 살기 위해서는, 그리고 자유롭게 살아가기를 원하는 사람이라면 인생에서 성공을 원하는 사람이라면 실패를 두려워하지 않는 용기가 필요하다.

불확실한 위험을 헤쳐 나가지 않고서는 결코 귀중한 것을 얻을 수 없기 때문이다. 그리고 결단이 필요하다. 어떠한 일을 하는 데 있어 할 만한 가치가 있다는 생각이 든다면 완벽한 상태가 될 때까지 기다리지 말아야 한다. 일단 시도해 봐야 한다는 것이다. 시도를 해봐야 하는 과정에서 예상치 못한 많은 것을 새롭게 알게 되기 때문이다. 그렇기 때문에 우리는 실패에서 많은 것을 배운다. 내 삶의 주인공으로 사는 사람들은 실패를 하지 않은 사람이 아니라 실패에서 다양한 것들을 얻은 사람들이다. 몸으로 부딪쳐 보지 않으면 어떤 것을 정확히 이해하기가 힘들다. 능력이나 강점을 정확하게 파악하고 싶다면 그 분야에 뛰어들어 일하면서 어떤 가능성을 확인하는 것이 가장 좋다.

현실은 전쟁이다. 가야 하는지 멈춰야 하는지 알려주는 신호등도 없고, 어떤 길이 바른길인지 이정표도 없다. 가면 안 되는 길을 알려주는 경계선도 없다. 그리고 어떤 삶이 올바른 삶인지 정도도 없다. 단지 내가 목표를 정하고 판단하고 가야 하는 것이 길이다. 내 삶의 주인공은 나다. 그렇기 때문에 모든 결정도 내가 하고, 모든 책임도 내가 져야만 한다. 내가 과거에 했던 일에 대한 후회는 시간이 가면서 차츰차츰 누그러진다. 하지만 하지 않았던 일에 대한 후에는 그 무엇으로도 위로받지 못한다. 다시 말해 실행이 답이다. 확실한 내 삶의 주인공으로 살아가기 위한 길은 내가 지금 생각하는 것에 대한 시도이다.

등대 같은 삶

등대가 되고 싶어요

레이칠 리먼 필드

등대가 되고 싶어요.
깨끗이 닦아 하얀 칠을 한
등대가 되고 싶어요.

밤새 깨어서
내 구역을 항해하는
모든 걸 지켜보고
온갖 배들이 나를 바라보는
등대가 되고 싶어요.

외딴 섬이나 바다에 홀로 외롭게 서있어야 하고 혼자 지내야 하는 등대 같은 신세라 할지라도 망망대해 한밤중에 표류하는 작은 배가 있다면 그 배에 빛을 비춰줄 수 있기에 등대는 스스로 자기 삶을 긍정할 수 있다. 그리고 고립되어 있어도 눈과 마음은 항상 열고 있기에 등대는 모든 걸 지켜보는 삶을 계속 살 수 있다. 밖으로 나가는 삶도 중요하지만, 그러한 순간에 가만히 웅크리는 시간은 필요하다. 혼자 조용히 묵묵히 참아내면서 고뇌하고 마음을 정리하는 시간이 없다면 크나큰 폭풍같이 품어내는 힘이 없다면 마음의 연륜이 제대로 만들어지지 못한다. 고립은 소통의 반대말이 아니다. 힘이 없는 사람들은 떼로 뭉쳐 다닌다. 물론 때로 뭉치면 강력한 힘을 발휘하기도 한다. 하지만 독수리는 무리 지어 날지 않는다. 고독은 내면을 강하게 만든다. "나는 혼자 있는 것을 사랑한다. 나는 고독만큼 재미있는 친구를 만난 적이 한 번도 없다". 소로우가 한 말이다. 깊은 통찰을 주는 말이다. 또한 키에르키고르는 "인간 정신의 잣대는 고독을 견디는 힘이다."라고 하면서 혼자 있는 시간을 중요하게 생각했다. 고독이 화합의 반대말이 아니듯 등대의 삶은 깨어있는 한 서로 지켜보고 바라볼 수 볼 수 있기에 불통이 되지 않는다. 오늘도 난 묵묵히 가만히 자신의 자리를 지키고 있는 등대가 되고 싶다고 생각한다. 항상 그 자리에 서있으면서 묵묵히 크고 작은 배들의 앞길을 안내하고 인도하는 등대가 되기를 소원해 본다. 묵묵히 그 자리를 지키고 서있어 본 사람은 그 마음을 안다. 큰 파도가 치고 찌는 듯한 무더위가 와도 묵묵히 그 자리에 서있어야 하고, 살을 에는 찬바람이 몰아쳐도 그렇게 한자리에 있어본 사람은 그 마음을 알 것이다.

아파본 사람만이 그 사람의 마음을 알 수 있다. 얼마나 그 자리에 묵묵히 있는 것이 힘든 것인지 말이다. 그러한 등대가 나는 되고 싶다. 혼자 있어도 두렵지 않고, 세상과 떨어져 있어도 걱정하지 않는다는 것이다. 우리 인간관계도 독립적인 관계가 서로 만날 때 빛이 나고 시너지가 난다. 누군가가 의존하고 의지하려고 하면 반드시 서운한 감정이 생기고 생채기가 난다.

오늘이 마지막처럼

　　오늘이 마지막인 것처럼 살자. 그리고 다음 생에서도 이번 생처럼 살고 싶다고 생각하면서 살자. 오늘이 마지막 남은 하루라고 하면 한 시간 한 시간 소중하게 써야 한다. 그 이유는 오늘은 다시 오늘이 될 수 없기 때문이고, 오늘은 다시 돌아오지 않기 때문이다. 가족과 싸우거나 사랑하는 애인과 싸움을 했더라도 저녁엔 항상 미안하다고 말해야 한다. 오늘이 마지막이기 때문이다. 내일 내가 없을 수도 있고, 잠을 자면서 삶을 마감할 수도 있다. 그럼 얼마나 미안한 노릇인가? 이번 생에는 다시 돌아오지 않는다. 다음 생애가 주어진다 하더라도 그때는 지금과 같이 똑같이 살게 될 것이다. 그렇다면 우리는 이번 생을 열심히 최선을 다해서 살아야 한다. 왜냐하면, 사람의 가치는 태도에 따라 결정되기 때문이다. 대충대충은 없다. 내가 대충대충 하면 대충이 되는 것이고, 열심히 하면 소중한 것이 되는 것이다. 이렇듯 우리는 태도가 중요하다. "하나를 보면 열을 안다"는 말이 있다. 그건 바로 태도를 보고 하는 말이다. 사소한 일도 소중히 열심히 하는 사람은 사람 관계도 그리고 일도 그 사람에게 주어진 모든 것들을 열심히 최선을 다한다. 그래서 우리는 오늘이 마지막인 것처럼 다음 생에서도 이렇게 살고 싶다는 마음으로 하루하루 한 시간 한 시간 살아야 한다. "인생은 멀리서 보면 희극이지만, 가까이서 보면 비극"이라는 말이 있다. 나에게 주어진 하루는 힘들고 고단할지 모르지만, 시간이 지나고 나서 보면 그러한 고통과 시련들이 나를 더 단단하게 키우고 일으켜 세웠음을 깨닫게 되기도 한다. 지금이 힘들고 지친다면 미래에 오늘보다 더 나은 삶을 살고 있을 나를 각인 시키며, 오늘 하루 이번 생이 처음이라 깨닫게 된 것들을 돌이켜 본다.

이번 생이 처음인 사람들에게 나의 글을 마친다.

아무래도
삶이 처음이니까

펴 낸 날   2024년 05월 17일

지 은 이   임국환
펴 낸 이   이기성
기획편집   서해주, 윤가영, 이지희
표지디자인 서해주
책임마케팅 강보현, 김성욱
펴 낸 곳   도서출판 생각나눔
출판등록   제 2018-000288호
주   소   경기도 고양시 덕양구 청초로 66, 덕은리버워크 B동 1708호, 1709호
전   화   02-325-5100
팩   스   02-325-5101
홈페이지   www.생각나눔.kr
이 메 일   bookmain@think-book.com

• 책값은 표지 뒷면에 표기되어 있습니다.
  ISBN 979-11-7048-701-2 (03810)